MA
MART

DAS WIENTAL

J&V

DAS WIENTAL

TEXT: KARLHEINZ ROSCHITZ
FOTO: PETER DRESSLER
MALEREI UND GRAPHIK: FRANZ ZADRAZIL

Jugend und Volk Wien München

Von diesem Buch wurden 99 Exemplare
mit der Hand numeriert und mit der
Originalradierung ,,Gaudenzdorf I"
von Franz Zadrazil versehen.

ISBN 3-224-1 6026-8 Jugend und Volk Wien
Vorzugsausgabe: ISBN 3-224-1 6027-6
Buchgestaltung: Toni Griebaum / Moonlight Studio
Auf dem Umschlag: Rüdigerhof (Detail) von Franz Zadrazil
Vorsatz: Gaudenzdorf, Federzeichnung, 1968
Nachsatz: Berufsschule, Federzeichnung, 1968
Auf dem Schuber der Vorzugsausgabe: Gaudenzdorf, Federzeichnung, 1968
 5007-83/1/50
Druck: Ueberreuter, Wien

I. Die Wien, der ungeliebte Fluß

Zu Flüssen und Bächen, überhaupt zu den meisten Gewässern, hatten Wien und die Wiener jahrhundertelang kein besonders gutes Verhältnis – es sei denn, diese Gewässer waren gefroren und man konnte darauf Schlittschuh laufen. Die Kelten in ihrer Siedlung und dann die Römer, die im 1. Jahrhundert Vindobona als Lagerstützpunkt der nördlichen Reichsverteidigungslinie errichteten, fürchteten die Tücken der Donau und der vielen unberechenbaren kleinen Bäche. Und die Bewohner der hochentwickelten mittelalterlichen Handelsstadt Wien, des späteren Bollwerks des Abendlandes, versuchten vor allem, die Wasserläufe der Donau, der Wien, der Als, des Ottakringer- und St. Ulrichs-Bachs einzudämmen, soweit die damalige Wasserregulierungstechnik es gestattete. Die Metropole Wien hielt sich aber fern vom Wasser und benützte Flüsse wie die Wien lediglich zum Betreiben von Mühlen.

Daran hatte sich auch bis zum letzten Viertel des 19. Jahrhunderts nicht viel geändert. Als überall in Europa – wie auch in Wien – die Wälle und Basteien der rasch wachsenden Metropolen und Residenzstädte gefallen waren und Stadtplaner die Wasserläufe durch kunstvolle Regulierung ins Stadtbild einbezogen und die Ufer als Prachtstraßen mit Alleen und Terrassen gestalteten, sahen die Wiener nur die Bedrohung durch die Flüsse. Die Reichshaupt- und Residenzstadt war zwar in wenigen Jahrzehnten zur Weltstadt gewachsen, aber die Möglichkeit, ihre Flußläufe und Gewässer ins Stadtbild einzubeziehen und sie als städtebauliche Herausforderung anzunehmen, ignorierte man.

Wien mußte sich aber mit dem Problem auseinandersetzen, den vielarmigen, von Aulandschaften umgebenen Donaustrom zu bändigen und den Wienfluß und alle anderen Bäche in gemauerte Betten zu zwängen. Zu verheerend hatten sich die Überschwemmungen von 1830 und 1862 ausgewirkt, zu arg hatten die Epidemien im Gefolge dieser Überschwemmungen unter der Bevölkerung gewütet. Doch auch jene Regulierung der Donau, die von Bürgermeister Cajetan Felder und dem berühmten Geologen und linksliberalen Parlamentarier Eduard Suess durchgesetzt, 1866 vom Gemeinderat beschlossen und zwischen 1870 und 1875 durchgeführt worden war, band die Donau nicht ins Stadtbild – im Gegenteil, man schob das neue Bett des Donaustroms weit weg vom Stadtzentrum, beschränkte sich in Ansätzen auf eine monumentale Gestaltung des Donaukanalufers der Innenstadtseite und faßte alle Bäche endgültig in unterirdischen Kanälen zusammen.

Der Wienfluß, dem man schon seit dem 15. Jahrhundert immer wieder neue Flußbetten gegraben hatte, wurde neuerlich reguliert. Aber auch da kam es weder Kaiser Franz Joseph noch den Stadtvätern, noch den Architekten darauf an, die Wien zu einem das ganze Stadtbild prägenden Wasserband zu machen. Schließlich waren auch die Zeiten vorbei, da Maler wie Friedrich von Amerling den Kaiser bestürmten, diese Idylle von Anno Biedermeier zu retten. Denn durch die Schleifung der Basteien, durch die Zerstörung der Glacis und die Regulierung der Flußläufe ging der malerische Zauber der biedermeierlichen Vorstädte Wiens für immer verloren.

In der Metropole hatte man andere Sorgen: Die Stadt brauchte für die rapid wachsende Bevölkerung ein funktionierendes System von Verkehrsverbindungen; die Militärs wünschten zwischen den neuen Kopfbahnhöfen der Stadt ein Verbindungsbahnsystem, das auch für die Kasernen als Zubringer dienen sollte und Truppenverschiebungen, etwa zwischen dem Arsenal, der Rudolfskaserne (heute Roßauer Kaserne) und der Franz-

Josephs-Kaserne, garantieren mußte – so sehr saß ihnen der Schrecken der Revolutionstage von 1848 in den Knochen; und die k. k. Staatsbahnen legten einen umfangreichen Plan für die Errichtung von Haupt- und Lokalbahnen des Nahverkehrs vor. Als ideale Linienführung boten sich die regulierten Flußläufe des Donaukanals und des Wientals an.

Zu einem einheitlichen Konzept entschloß man sich erst spät – fast ein Jahrzehnt nach der Vollendung der Donauregulierung: 1884 war Otto Wagner als Leiter einer Spezialschule für Architektur und Nachfolger des Ringstraßenarchitekten Karl von Hasenauer an die Akademie der bildenden Künste geholt worden. Er wurde in den künstlerischen Beirat der Kommission für die Verkehrsanlagen und überdies in die Donauregulierungskommission berufen. Zwischen 1894 und 1904 errichtete Wagner seine beispielgebenden Stadtbahnstationen, Brücken und monumentalen Viadukte; erst 1908 wurden die Kaianlagen des Donaukanals nach seinen Plänen vollendet. Aber nicht einmal in Wagners technisch bis heute funktionierendem, künstlerisch für Generationen weiterwirkendem Konzept wurde der Wienfluß zum dominierenden Gestaltungselement im Stadtbild aufgewertet. Wagner war zu sehr Architekt eines zeitgemäßen Nutzstils, als daß er sich in seinen Bauten auf romantische Bildhaftigkeit eingelassen hätte. Also verbannte auch er die Wien über lange Strecken unter gewaltige Gewölbe. Der Fluß verlor alles: seine einstige Kraft, seine Unberechenbarkeit bei Hochwasser, seine malerischen, von Weiden gesäumten Ufer, die von den Landschaftsmalern des Biedermeier zu lieblicher Idyllik stilisiert worden waren, und seine wirtschaftliche Bedeutung als Wasserlauf, der unzählige Mühlen versorgte. Und immer wieder diskutierten in der Folge Stadtplaner und Architekten, auch noch die letzten „offenen Stellen" des Wienflußbetts zu überwölben und ins Flußbett eine Schnellstraße oder Stadtautobahn zu legen.

Eigentlich ein fatales Schicksal für einen Fluß, der zwar den Namen der vielbesungenen Stadt trägt, zum Unterschied zur noch mehr besungenen Donau sogar wirklich am Herzstück der Stadt vorbeifließt und dessen Lauf auch für die Stadtstruktur eine Funktion hat: Er trennt die Innere Stadt vom dritten und vierten Bezirk und den vierten, fünften, zwölften und dreizehnten vom sechsten, fünfzehnten und vierzehnten. Aber war die Wien vor der Regulierung noch gefürchtet, so blieb sie nach der Regulierung nur noch ein ungeliebter Fluß, weil ihr immer grauer, zur Armseligkeit verdammter Wasserlauf eigentlich „nix gleichschaut", wie die Wiener sagen. Nur so kann man es sich erklären, daß die Wien selbst im liederseligen ausgehenden 19. Jahrhundert in keinem Wienerlied besungen wurde und nicht einmal einem Witzbold der Gedanke kam, einen Walzer „An der schönen grauen Wien" zu komponieren . . . Denn was reimte sich schließlich auf Wienfluß? Bestenfalls Gruß und Kuß. Aber wer schickte wohl Gruß und Kuß von der Ausfallsstraße nach dem Westen, der Hadikgasse, die an den Reichsgrafen Andreas Hadik von Futal erinnert, der als Feldmarschall-Lieutenant Maria Theresias am 16. Oktober 1757 für seine Kaiserin das Berlin des Preußenkönigs Friedrich des Großen besetzte; oder aus der nach Bürgermeister Hermes Schallautzer benannten Schallautzergasse an der Wien, hinter dem ehemaligen Kriegsministerium? Oder gar vom Oberlauf der Wien im Wienerwald, wo das ärmliche Gewässer gar Dürre Wien heißt?

II. Vom Kaiserbrünndl zur Stadtgrenze

Im Anfang war die Wien. Und das war schon lange, bevor die Kelten im Tal des Flußlaufes und auf den angrenzenden Höhen ihre Siedlungen errichteten und bevor die Römer hier im ersten Jahrhundert am alten Kreuzungspunkt der westöstlichen und nordsüdlichen Handelswege Vindobona anlegten. Die Römer fürchteten vor allem den Wienfluß, weshalb sie – ähnlich wie das Wien des 19. Jahrhunderts den Wienerwaldsee an der westlichen Stadtgrenze anlegte – in der Gegend von St. Marx ein Wasserbecken zum Schutz ihrer Munizipalstraße errichteten. Sie erforschten das Wienflußtal auf seine strategische Verwendbarkeit und stießen dabei bis zum Ursprung der Wien, zum Kaiserbrünndl am Fuß des Kaiserbrunnbergs mitten im romantischsten Wienerwald, vor. Daß sie diese Gegend sehr genau kannten, beweist unter anderem eine vermutlich zwischen 50 und 180 n. Chr. errichtete römische Grabkammer mitten in tiefster Waldeinsamkeit, im Schmölzgraben bei Preßbaum: ein drei Meter hoher Grabhügel mit Brandbestattung, mit einem gemauerten Gang und einer aus Bruchsteinen gefügten, mit einem Tonnengewölbe überdeckten Grabkammer.

Wer heute zur Quelle der Wien vordringen will, wandert von Preßbaum auf dem sich bis Laaben erstreckenden Höhenzug, entlang der roten Markierung, eine Stunde lang bis zum alten Wirtshaus Pfalzberg. Ein kurzer steiler Weg führt zum Kaiserbrünndl. Dürre Wien heißt dort das kleine, dürftige Gewässer, das erst nach der Einmündung des wieder durch einige Seitenbäche gespeisten Pfalzauer Baches zum Wienfluß wird. Wandert man stadtwärts, gelangt man zwischen der Westbahnstraße und der Westautobahn zum Wienerwaldsee, einem Stausee, der anläßlich der Wienflußregulierung als Ausgleichsbecken für den Wasserzufluß künstlich angelegt wurde.

Am Nordufer erinnert ein Denkmal an den Klaviermachermeister Wilhelm Kreß, der allerdings nicht durch seine Pianoforti in der Geschichte der Technik ein kleines Plätzchen ergatterte, sondern als Ahnherr des Flugwesens. Der schrullige Bastler Kreß baute 1877 den ersten Flugapparat, der mit einem Gummiseil angetrieben wurde und tatsächlich ein Stück flog. Am 3. Oktober 1901 startete der Hobbykonstrukteur schließlich auf dem Wienerwaldsee mit einem von ihm entwickelten Wasserflugzeug: doch Kreß hatte das Gewicht des Benzinmotors nicht bedacht, der Klaviermacher mit Ikarusambitionen versank mit seinem Wunderwerk zum Gaudium der Zuschauer in den Fluten.

Träge zieht die Wien dann stadtwärts. Als Abfluß des Wienerwaldsees durchzieht sie Purkersdorf, die alte Pferdewechselstelle, die in der Geschichte der Post im alten Kaiserstaat eine so wichtige Stellung bekam: Als Joseph von Fürnberg 1796 die erbliche Poststation erwarb, baute er als erster den Überland-Postverkehr aus. Das reizvolle Postgebäude von Purkersdorf, Hauptplatz 5, ist nach Plänen des Wiener Baumeisters Franz Wipplinger entstanden: ein eleganter Bau mit imponierender Fassade. Hoch erhebt sich das Mansardendach, ein Säulenportikus gibt dem Bau Monumentalität, ein Giebelfeld ist mit einem reitenden Postillon geschmückt. Postembleme, vor allem Posttasche, Posthorn und Pferdekopf, schmücken den kleinen Vorbau. Mit postalischen und amourösen Anspielungen sind sechs Reliefs zwischen den Fenstern des Gebäudes geschmückt. Vielleicht „erzählen sie die Geschichte eines heimlichen Stelldicheins mit einer unbekannten Schönen", vermutet der Kunsthistoriker Walther Brauneis. Vielleicht haben die Liebenden einander bei einem Spaziergang an der Wien kennengelernt . . . Jetzt bringt jedenfalls der Götterbote Merkur als Postillon d'amour den Liebesbrief; die Dame mit abgenommener Maske und Laterne gibt dem Geliebten den Hinweis, bei Nacht maskiert zu kommen, sie werde ihm mit der Laterne den Weg weisen, ihm die Tür öffnen, und er könne vom Abend, wenn der Hund den Mond anbellt, bis zum Hahnenschrei am Morgen bei ihr bleiben. Liebe verspricht die sich an einen rebenumrankten Baum schmiegende Frauengestalt mit einem Herzen in der Hand; und zuletzt fordert der enteilende Merkur auf, das süße Geheimnis nur ja nicht zu verraten . . . Denn schließlich gibt es ja ein Postgeheimnis.

III. Die Mühlen an der Wien

Immer wieder nimmt der Wienfluß in seinen Lauf Bäche auf, die seit frühester Zeit das Bild der Landschaft rund um Wien und der rasch wachsenden Vororte der Kaiserstadt bestimmten. Folgt man dem Flußlauf, so fließen von links der Weidlingbach, der Tullner Bach, Halter Bach und Rosenbach der Wien zu, von rechts der Brentenbach, der Wolfgrabenbach, der Dambach, Baunzenbach, das Rotwasser, der Grünauer Bach und der Lainzer Bach. Und etwa so müssen wir uns die Wien seit dem Mittelalter vorstellen: ein unreguliertes Gewässer, das die romantische Tallandschaft bald als breites Band, bald als schmales Gerinne durchzog und zahllose Mühlen betrieb, das träg und grau und mitunter sogar sumpfig aussah, aber nach starken Regenfällen reißend wurde und plötzlich über die Ufer treten konnte. Immer wieder bildete es aber auch hübsche Weiher, die seit dem 15. Jahrhundert in den Urkunden erwähnt werden: so den Permansweiher in der Gegend der Karlskirche; den Königsweiher der Scheffstraße vor dem alten Stubentor, einer eigenen Gemeinde der Gärtner und Stromgewerbler am Rande des Stadtgrabens (die Gemeinde ging während der ersten Türkenbelagerung zugrunde und wurde schließlich geschleift); den Weiher hinter dem – laut Urkunde – 1211 vom Babenberger Herzog Leopold VI. und seinem Kaplan Meister Gerhard gegründeten Heiligengeistspital, außerhalb des Kärntnertors; oder die 1471 urkundlich erwähnte „Lacke“ außerhalb des Siechenhauses und Spitals „Zum Klagbaum“ in der Gegend der heutigen Klagbaumgasse, die ebenfalls vom herzoglichen Meister Gerhard 1267 als Stätte der Aussätzigen erbaut wurden. Wobei bis zum Abbruch des Gebäudes im 18. Jahrhundert die Gerüchte nicht verstummen wollten, daß im Klagbaum vor dem Spital, einem morschen Baum mit grünender Blätterkrone, seltsame Laute und Wehklagen der Seelen Verstorbener zu hören gewesen wären.

Vermutlich kaum noch vorstellbar ist, daß die Wien ursprünglich zwei künstliche Arme hatte, die beide den Namen Mühlbach trugen und eine reizvolle Insel bildeten; über sie wurde bereits um 1290 in einer Urkunde berichtet. Die Bedeutung dieser Mühlbäche für Wien lag in den vielen kleinen Mühlenbetrieben, die etwa ab dem Jahr 1100 an der Wien angesiedelt worden waren. „Damals wurde das Tal rasch erschlossen“, schreibt Klaus Lohrmann in seiner Geschichte der „Alten Mühlen an der Wien“, der ersten kulturgeschichtlichen Untersuchung zu diesem Thema; „Träger des Siedlungsvorstoßes war jene Familie, die die Vogtei über Stift Göttweig innehatte, nämlich die Grafen von Formbach. Diese weitverzweigte Adelsgruppe hatte als Förderer und Organisator des niederösterreichischen Mühlenwesens überhaupt große Bedeutung.“

Die Formbacher waren es, die vor allem den Mühlenbau in der Umgebung von Städten vorantrieben, dadurch aber auch auf die kleinräumige Verkehrserschließung im Umkreis der Mühlen Einfluß nahmen, Rastplätze und Wirtshäuser für die Getreidelieferanten und

Mühlknechte eröffneten und parallel zum Mühlenbetrieb eigene Brauereibetriebe gründeten. Überdies bekamen sie im Wiener Raum das Recht der Weinausschank, da fast jeder Müller auch Weingärten bei seiner Mühle besaß. Bald siedelten sich rund um die Mühlen auch holzverarbeitende Betriebe an, da die Müller meist deren beste Kundschaft waren: Das witterungsanfällige Holz der Mühlen mußte häufig erneuert werden, was den Betrieben eine solide Auftragslage sicherte.

Wie wichtig die Sicherung dieser Mühlenbetriebe an der Wien für die Stadt war und wie wichtig auch der jeweilige Landesherr diese Betriebe nahm, beweisen immer wieder Urkunden und Erlässe – etwa der Brief Albrechts V. 1429 „über das mülwerch auf der Wienn", in dem die Überprüfung der technischen Verfassung jeder Mühle, das Freihalten der Gerinne der Werksbäche von anderer Nutzung und die Pflege der Wehre und Schleusen verlangt und bei Nichteinhalten hohe Strafen angedroht werden; der Auftrag Kaiser Friedrichs III. von 1460, der als Landesherr das alte Wasserregal hatte, an seine Räte, einen Gerichtstag über den verfallenen Mühlbach bei der Hackinger Mühle abzuhalten; oder die Urkunde des Königs Matthias Corvinus von 1488, ein Privileg für die Müller an der Wien und an der Donau, in dem der Berechtigungserwerb eines Müllers ebenso geregelt wird wie die Organisation einer Zunft unter Führung zweier Zechmeister und der Wasseraufsichtsbehörde der „Vierer" und die Neuansiedlung von Mühlenbetrieben. Deutlich zeigt sich da bereits das Pendeln zwischen gelenkter und freier Marktwirtschaft.

Immer wieder tauchen die beiden Mühlbäche in den Urkunden auf. So auch einer in der früher erwähnten, auf das Jahr 1211 gefälschten Urkunde Leopolds VI. für das Heiligengeistspital, die allerdings 1262 in einer Urkunde König Ottokars von Böhmen bestätigt wurde. Versuchen wir uns vorzustellen, wo die beiden künstlichen Arme angelegt waren: der eine zweigte beim alten Meidlinger Wehr ab und speiste die Dorotheermühle in der heutigen Hofmühlgasse Nr. 7, die Kirchen- oder Angermühle in der Mollardgasse, die Mollardmühle Chunrad des Chyburgers, die bereits 1331 mit Zustimmung Herzog Albrechts II. von Ortolf von St. Veit an „den Wiener Bürger Thomas dem pechen (einem Bäcker) um 8 Pfund Pfennige" verkauft wurde, und die Dominikanermühle; er mündete beim Gumpendorfer Wehr wieder in die Wien. Der andere Arm begann bei diesem Wehr, speiste die Schleif- und Heumühle und die Bärenmühle am rechten Wienflußufer, die zum Hospital der Ritter vom Heiligen Geist gehörte, und mündete beim späteren Schikanedersteg in den Wienfluß. Und noch heute erinnert der Name des 1936 von Oskar Thiede für die Gemeinde Wien errichteten Assanierungsbaus in der Operngasse 18 an die alte Bärenmühle, die ihren Namen aus einer Sage ableitete. So soll hier während der zweiten Türkenbelagerung der Müller Johann Wachtel nachts von einem streunenden Bären überfallen, jedoch von seinem Knecht gerettet worden sein. Zum Dank für die Errettung stiftete der Müller ein Bärenbild. Diese Geschichte kam vermutlich erst im 18. Jahrhundert auf, als tatsächlich vom Hunger getriebene Bären sich bis ins Weichbild der Stadt verirrten. An diese Zeit erinnert auch der Durchgang „Zur Bärenmühle", an dessen Stelle einst das Wirtshaus „Zum schwarzen Bären" stand, das nachweislich einem Mühlenbesitzer gehörte. 1766 brannte die Bärenmühle nieder, wurde wieder aufgebaut und blieb bis zur Zuschüttung des Mühlbachs 1856 in Betrieb.

In Wiens Kulturgeschichte ist die Bärenmühle durch den Dichter Ignaz Franz Castelli eingegangen. Er schrieb vermutlich hier von 1828 bis 1831 an seiner Sammlung Wiener Historien. Und Groners berühmtes Wien-Lexikon erwähnt sogar den einst berüchtigten Lebensmittelwucherer und Naschmarktkönig Anton Heim, der sich ein Stockwerk der

Bärenmühle luxuriös als Wohnung ausstattete. Kunststück, er konnte es sich leisten. Ließ er doch durch seine Dienstleute und Kappelbuben den Bauern an der „Linie", also an den alten Zollgrenzhäusern Wiens, ihre Waren zu Spottpreisen abkaufen, um dann Obst und Gemüse, Fleisch und Butter durch Zwischenhändler zu Höchstpreisen auf den Markt zu bringen. Als in Wien die Revolution ausbrach, stürmte am 28. März 1848 die wütende Bevölkerung Heims Bärenmühle-Appartement. Und nur durch Flucht durch eine Hintertür entging sein Besitzer der Lynchjustiz.

IV. Wo soll die Wien fließen?

Immer wieder entstanden Pläne, den unberechenbaren Wienfluß endgültig zu regulieren. Aber weder das Projekt von 1713 noch ein 1781 entstandener Entwurf des Architekten und Hofstatuarius Wilhelm Bayer wurde verwirklicht. Lediglich im Rayon der Stadt wurden die Ufer der Wien mit Weiden und Akazien bepflanzt. Und Sträflinge mußten ein tieferes Flußbett ausheben, um die Folgen der Überschwemmungen zu mildern. Während der napoleonischen Besetzung Wiens befaßten sich Militärs mit einem weiteren Projekt, das größere Chancen hatte, verwirklicht zu werden: 1814 wurde die Regulierung beschlossen – allerdings nur für den Flußlauf innerhalb des Linienwalls, den Kaiser Leopold I. 1704 nach Plänen des Hofmathematikers Jakob Marinoni im Halbkreis zwischen St. Marx und dem Lichtental um Wien anlegen ließ. 1817 waren die Flußregulierungsarbeiten zwischen Schönbrunn und dem Stubentor beendet. Als aber 1830/31 in Wien eine Choleraepidemie wütete, errichtete man entlang der beiden Ufer des Wienflusses, beginnend bei der Stubenbrücke, die sogenannten Cholerakanäle, wobei der linke oberhalb der Wienflußmündung, der rechte in der Nähe des vor kurzem abgerissenen Donaudampfschiffahrtsgebäudes „unter den Weißgerbern" in den Donaukanal mündete. So wollte man verhindern, daß Fäkalien, Abwässer und Unrat von den Gemeinden entlang dem Wienfluß direkt in die Gerinne der Wien geleitet wurden und so auch die Mühlen verseuchten. Die Kanäle, die dem Wienflußlauf aufwärts bis zum Linienwall folgten, wurden später sogar bis zum Schloß Schönbrunn verlängert; für die Wien selbst wurde bei der Einmündung in den Donaukanal wieder ein neues Bett gegraben.

Bis in die sechziger Jahre des 19. Jahrhunderts hatte man in Wien immer wieder nur Regulierungsversuche einzelner Wasserläufe oder überhaupt nur kleiner Teilstrecken unternommen. Die Katastrophe der Überschwemmung des Jahres 1862 veranlaßte die Behörden, endlich ein Generalkonzept auszuarbeiten, das in seinem endgültigen Stadium die Donauregulierung, die Neuregulierung des 1598 angelegten Donaukanals, die Konstruktion des Sperrwerks, des Nußdorfer Wehrs und die Anlage des Winterhafens umfaßte. Vor allem kam es aber auch zur Abstimmung der Pläne für die Wienflußregulierung und den Stadtbahnbau. Eine 1891 eingesetzte Kommission für Verkehrsanlagen beauftragte die Gemeinde Wien mit der Flußregulierung, die k. k. Staatsbahnen wurden mit dem Bau der Wientallinie der Stadtbahn betraut. Zwischen 1894 und 1902 wurden die gewaltigen Wienflußbauarbeiten nach Plänen des Stadtbaudirektors Franz Berger und nach Otto Wagners Stadtbahnplänen ausgeführt und 1906 mit der künstlerischen Gestaltung des Wienflußportals im Stadtpark durch Friedrich Ohmann und Karl Hackhofer abgeschlossen.

Fast ist es überflüssig, zu sagen, daß bei diesen Bauarbeiten das Bild Wiens und der Wien völlig verändert wurde. Die Tallandschaft zu beiden Seiten des Flüßchens, die

Weiher, Stege und Brücken, die Mühlen und Brauereien, die oft dicht besetzten Häuserzeilen mit den Färbereien und Gerbereien, den kleinen Glasfabriken und Kleinindustrien aller Art verschwanden. Nur in ein paar schmalen Zonen zwischen der Pilgrambrücke und der Lobkowitzbrücke haben sich links und rechts der Wien bis heute Kleinbetriebe gehalten: Wäschereien, die freilich zur modernen „Drive-in-Wäscherei" umgestaltet wurden, Automechanikerwerkstätten und Reparaturbetriebe, Großdrogeriefirmen wie Neuber, der 1983 sein 140jähriges Bestehen feierte. Mitunter überlebten sogar ein paar Kleingärten, in denen einst die Handwerker der Schönbrunner Straße ihre Werkstätten und Geräteschuppen errichtet hatten.

Die Gewerbetreibenden, die hier an der Wien geboren worden waren, die hier gelebt und gearbeitet hatten, sahen damals ihre kleine biedermeierliche Welt zusammenstürzen. Arbeiterheere, die bereits ab 1857 zur Demolierung der Basteien und zum Bau der Ringstraße und dann zum Bau des 1873 eröffneten Gürtels in Wien zusammenströmten, wurden erneut aufgeboten, um die monumentalen Steinmaueranlagen und Gewölbe und die Straßenzüge zu errichten, die in Hinkunft den Radialverkehr der Metropole den Wienfluß entlang aufnehmen sollten. Welche soziale Verelendung die zur Großbaustelle Wien strömenden Arbeiterheere auslösten, kann man sich heute kaum noch vorstellen. War doch die Stadt nicht einmal gerüstet, diesen Menschenmassen Unterkünfte zu geben. Also „wohnten" viele dieser Arbeiter oft als „Bettgeher" in einem Massenquartier in der Umgebung der Baustellen. Wenn der eine von der Schicht am Bau kam, ging der andere und überließ ihm sein Bett. Die Vermieter dieser Betten machten das beste Geschäft.

Aber nicht einmal das „Bettgehen" konnten sich manche leisten. Wer gerade keine Arbeit fand und keine Unterkunft hatte, mußte mitunter sogar in den Riesengängen des weitverzweigten Kanalsystems übernachten, das die Gemeinde Wien gleichzeitig mit der Regulierung der Flüsse angelegt hatte. Und während oben, an den Straßenzügen, Arbeiterheere Baudenkmal an Baudenkmal reihten und Wien sein „irdisches Paradies" baute, erlebten unten, in den Kanälen, die Obdachlosen der Metropole die „irdische Hölle". Dort hatten sie sich in der „Unterwelt" ihre Stadt in der Stadt eingerichtet, dort kämpften sie ums Überleben, wie es Wilhelm Kläger 1908 in seinem rasch zu Berühmtheit gelangten Buch „Durch die Wiener Quartiere des Elends und Verbrechens" beschrieb. Dort vegetierte der „Bodensatz unseres Lebens, der heimlich und ängstlich verhüllt dahinzieht unter den Wunderwerken und Prächten unserer Kultur". Und Kläger fragt, warum wir etwa die Brücken des Wientals nach Mitgliedern des Kaiserhauses, Hocharistokraten und Militärs benennen, wo sie doch eigentlich in erster Linie zum Bestandteil einer „Topographie der Obdachlosen", der Unterstandslosen, geworden seien. Denn diese Brücken seien nicht nur monumentale Verkehrsbauten, sondern fatalerweise auch die Nachtquartiere verelendeter Kreaturen wie der „Kanalstrotter", die vom „Freig'schäft", dem Heben verlorener Schätze in den Kanälen, lebten – wie das etwa Max Winter, der 1937 in Hollywood gestorbene sozialdemokratische Wiener Politiker, Journalist und Schriftsteller, immer wieder in seinen anklagenden Artikeln beschrieben hat.

Nicht jeder hatte das Glück, zum Beispiel in Meidling, ein paar Meter weit von der Wien, in der Hauptstraße 42 bis 44, eine Wohnung zu ergattern. „Halbritterhäuser" hießen die Doppelhäuser, die Winter als Paradebeispiel einer Altwiener Zinsburg vor 1900 beschreibt. „75½ lautet die letzte Türnummer dieser Zinskaserne, deren einzige Erholungsstätte der schmale, langgestreckte Hof ist, der sich längs der rückwärtigen Front des Hinterhauses dehnt. Hier spielt sich alles Leben ab, hier tummelt sich tagsüber die

Riesenschar von Kindern, die den kleinen Wohnzellen entfliehen, hier sonnen sich auf den altersschwachen offenen Gängen die Alten. Jeder weiß die Geschichte und die Geschicke der anderen, kennt und teilt ihre Sorgen . . . im Grunde genommen dieselbe düstere Geschichte, dasselbe trostlose Geschick, die gleiche drückende Sorge. Hier die Heimarbeiterin, die in ihrem Kabinett noch den krüppelhaften Mann liegen hat, dort die Witwe, die alle überlebt hat, auch ihre Kinder, als Blick in die eigene Zukunft dienend der jungen Proletarierin, die das benachbarte Gelaß bewohnt: ein Kabinett gegen 8 Kronen und etliche Heller Monatsmiete. Eine Brutstätte aller Krankheiten, dieses ganze große Haus mit seinen Hunderten von Menschen."

V. Die regulierte Wien

Mit der feierlichen Eröffnung des Wienflußportals 1906 war die 17 Kilometer lange Regulierungsstrecke der Wien vollendet, ein städtebauliches Konzept des neuen Wien Franz Josephs realisiert, auf das der Kaiser berechtigt stolz war. Endlich hatte man sich nicht mehr mit kleinlichen Sanierungsversuchen zufrieden gegeben. Ein beispielhaftes Konzept des Wasserschutzes war verwirklicht worden: In der obersten Partie, zwischen Weidlingau und der alten Haltestelle Hütteldorf Bad an der Westbahn, wurde am rechten Ufer eine Reihe von sechs Staubecken geschaffen, die gemeinsam mit einem siebenten, in den Unterlauf des zufließenden Mauerbachs eingeschalteten Becken auch heute noch die Aufgabe haben, bei Hochwasser soviel aufzunehmen, daß nicht mehr als 4000 Hektoliter pro Sekunde in die untere Abflußstrecke fließen. Die Staubecken sind zusammen an die 37 Hektar groß und fassen rund 16 Millionen Hektoliter. Die Kapazität der Staubecken und des Abflußsystems wurde dabei so gehalten, daß auch bei stärkstem Hochwasser vom Wienfluß – mit etwa 4800 Hektoliter – und dem Mauerbach – mit etwa 1300 Hektoliter – nur 4000 Hektoliter pro Sekunde gegen Wien fließen, während 2100 Hektoliter in die Becken gedrängt werden. Das heißt, es dauert bis zur Auffüllung der Becken etwa zwei Stunden, in denen aber die Flutwelle meist schon wieder abebbt. Die Staubecken wurden überdies so angeordnet, daß der Wasserspiegel von einem zum anderen um zwei Meter fällt. Unterhalb des letzten, vor Hütteldorf, vereinigen sich die durch die Becken geschleusten Wassermassen wieder in dem 1,3 Kilometer langen, entlang der Westbahn geführten Umlaufgraben, dessen ausgepflastertes Bett durch eine 8 Meter hohe, 2 Meter dicke Mauer von den Bassins getrennt ist.

Der Hauptteil des Wienflusses innerhalb der Stadtgrenzen fließt zwischen Ufermauern, die stark genug errichtet wurden, um Gewölbe tragen zu können. Zwar wurde die Einwölbung nur stückweise, so beim Schloß Schönbrunn, beim alten Gumpendorfer Schlachthaus und den Naschmarkt entlang bis zum Stadtpark, ausgeführt. Aber in der ersten Konzeption sah der Architekt Otto Wagner, der mit der Planung der Stadtbahnlinie und aller dazugehörigen Verkehrsbauten beauftragt wurde, auch eine Überwölbung der Wienflußstrecke bis Schönbrunn vor. Auf diesem Areal wollte er einen prachtvollen Kaiserboulevard anlegen, der den monumental verbauten Karlsplatz – Otto Wagner sah in seinen verschiedenen Projekten u. a. Kolonnadentrakte links und rechts der Karlskirche, die Errichtung des Kaiser-Franz-Joseph-Stadtmuseums, eines monumentalen Franz-Josephs-Brunnens und von Obelisken am Beginn des Wienzeileboulevards vor – mit der Sommerresidenz Schönbrunn verbinden sollte. Daß dem Kaiser, den Stadtvätern und Wagner selbst an diesem Projekt der Wiener Champs-Elysées viel lag, beweisen heute noch die Prunkbauten des Großbürgertums an der Linken Wienzeile, Palais und Luxusappartementhäuser, zum Teil von verschwenderischer Üppigkeit und weltstädtischer Eleganz der Zeit nach der Jahrhundertwende. Wie monumental aber auch die Überwölbung selbst geplant war, zeigen die riesigen Tunnel, die über 8 Meter hoch und zwischen 16 und 21 Meter breit sind.

Vom Stadtpark, beziehungsweise dem Wienflußportal, bis zur Mündung in den Donaukanal zwischen Urania und dem kleinen, in die Donaukanalbiegung vorgelagerten Hermann-Park ist der Wienfluß offen: die Sohle betoniert, die Kaimauern zum Teil unterbrochen, sodaß sich im Stadtpark breite Terrassen und Promenaden ergeben, die von Friedrich Ohmann zu einem Gesamtkunstwerk des Jugendstils gestaltet wurden.

Eine reich gestaltete Hemizyklenanlage, von der aus man über eine gegabelte Freitreppe zu den Promenadenterrassen des Stadtparks links und rechts der Wien hinabgelangt. Elegant geschwungene Treppen, die von einem letzten Hauch des Rokoko umweht scheinen. Wie inszeniertes Rokoko muten auch die luftigen Pavillons an, deren quadratische Grundrißform mit den achteckigen Kuppeln raffiniert zu einer Form verfließen. Massive Eckpfeiler werden von hohen Vasen bekrönt, aber über die Kanten fließen geschlängelte Skulpturelemente und erwecken den grauweißen Stein zum Leben. Seerosenbecken schmiegen sich in die Bogen der geschwungenen Terrassenwände, blaue Keramikvasen in hohen Nischen verwandeln die Wände in lebendige Architektur. Und schlanke Frauengestalten mit fließenden Haaren und floralen Ornamenten lösen die massigen Steinblöcke der Anlage gleichsam auf. Franz Klug hat den reichen Figuren- und Ornamentschmuck ausgeführt. Ein von Ohmann ursprünglich weit monumentaler geplantes Projekt, mit Elefanten, die mit mächtigem Strahl Wasserfontänen in die Wien schleudern sollten, wurde nicht realisiert.

Städtebaulich war die luxuriöse Gestaltung des Wienflußportals von entscheidender Wirkung. Bewußt wurde da eine Perspektive bis zur Mündung der Wien in den Donaukanal inszeniert. Und die Kaimauern wurden mit einer Flucht imponierender Monumentalbauten gesäumt.

Steht man in der Mitte des Wienflußstegs, fällt der langgestreckte klassizistische Palastbau der heutigen Finanzlandesdirektion, des einstigen Hauptzollamtgebäudes, mit seinen Säulen, Statuen und dem prächtigen Kaiseradler auf, ein Staatspalast, der schon 1840 bis 1844 im Zuge der Hauptzollamtbauten von Paul Sprenger errichtet wurde. Vorbildlich renoviert, gibt er dem Viertel ein noch immer streng kaiserliches Gepräge, das nur durch die Allee der Vorderen Zollamtsstraße gemildert wird.

Hofbaurat Sprenger, ein gebürtiger Schlesier und Schüler Peter von Nobiles an der Wiener Akademie, hatte schon 1835 mit seinem Hauptmünzamt am Wiener Heumarkt ein erstes Beispiel für eine neue Belebung der Architekturformen in der Metternich-Zeit gegeben. Mit der Finanzlandesdirektion setzte er in den vierziger Jahren aber einen Bauakzent, an dem sich fünfzig Jahre später die gesamte Regulierung und architektonische Gestaltung des Wienflusses zwischen der Mündung in den Donaukanal und dem Stadtpark orientieren sollte. Und selbst heute wirkt dieser dominiernde Palastbau noch auf die Neuplanung des Viertels: Peter Czernins und Harry Glücks neuer Regierungsgebäudetrakt, der Sprengers Bau umfängt, nimmt mit seinen Säulen und Pfeilern, mit seinen Otto Wagners Geländer paraphrasierenden Ornamentformen, Rohziegelwandflächen und bunten Glaszonen in Formen und Farben Architekturelemente des Klassizismus und der Ringstraßenzeit auf. Nostalgische Erinnerung umhüllt Bürozweckmäßigkeit.

Sprengers Bau, dieser erstaunlich elegante Koloß, wurde aber auch für die Führung der Radetzkystraße und der Dampfschiffstraße mit ihren Alleen, für das Jugendstilensemble aus Radetzkybrücke, phantasievoll gestaltetem Zollamtssteg mit der architektonisch höchst merkwürdigen Unterquerung durch eine Stadtbahnbrückenkonstruktion und der Marxerbrücke ebenso ausschlaggebend wie für die Anlage des keilförmigen Gebäudes der „Wiener freiwilligen Rettungsgesellschaft“: 1881, nach der Katastrophe des Ringtheaterbrandes, wurde diese von dem berühmten Sammler, Mäzen und Philantropen Hans Graf Wilczek sowie von Jaromir von Mundy, dem Reorganisator des Militärlazarettwesens und Professor für Militärsanitätswesen, und dem Wiener Juristen Eduard Graf Lameza-Salins gegründet; 1896/97 wurde das Gebäude von Hrach und Gruber gebaut.

Sprengers Fluchtlinie der Fassade der Finanzlandesdirektion und die Neugestaltung des Wienflußbereichs wurden aber auch für alle anderen Bauten ausschlaggebend, die sich dem Monumentalkonzept einfügen sollten. So errichtete Ludwig Baumann, ein Österreichisch-Schlesier – wie Sprenger – und Schüler Gottfried Sempers und Heinrich von Ferstels, gegenüber dem Sprenger-Bau zwischen Ring und Schallautzergasse von 1909 bis 1913 das Kriegsministerium, eines der letzten Riesenprojekte der Donaumonarchie. Es ist ein Bau zwischen Historismus und einer sich schon ankündigenden neuen Sachlichkeit, die klar abgegrenzte Flächen, gerade Linien, Glätte und Sparsamkeit der Ornamente bevorzugt, die aber gleichzeitig durch gewaltige Formen imponieren will. Was man dem Prunkbau heute weniger anmerkt, da er nach dem Zweiten Weltkrieg fatalerweise von seinen einst weithin sichtbaren neobarocken Riesenkuppeln befreit wurde, die wie Palastpagoden alles überragten.

Vor allem in Erzherzog Franz Ferdinand von Este hatte Baumann einen großzügigen Protektor gefunden, der diesen Stil „neobarocker Restauration“, gepaart mit moderner Sachlichkeit, liebte. Franz Ferdinand hatte jedenfalls entscheidenden Anteil, daß Baumann im Jahre 1900 die österreichische Anlage auf der Pariser Weltausstellung gestaltete. Der Pariser Erfolg trug ihm Großaufträge für Paläste, so 1904 für die alte Konsularakademie (heute US-Konsulat) und 1907 für den Weiterbau an der Neuen Hofburg, ein; Franz Ferdinand beauftragte Baumann auch, seinen privaten Landsitz Schloß Artstetten umzubauen.

Baumanns Stil nahe steht Max Fabiani, der im Atelier Otto Wagners gearbeitet hatte und für seine „Kaiserzimmer“ auf der Pariser Weltausstellung von 1900 den Grand Prix erhalten hatte. Er errichtete 1909 auf einer Kaiterrasse über der Wienflußmündung die Urania, genau an der Stelle zwischen Radetzkybrücke und Aspernbrücke, wo einst, am Hafenbassin des 1795 von Baudirektor Schemerl von Leytenbach begonnenen Wiener Neustädter Kanals beim Invalidenhaus, ein lebendiges Handelsviertel entstanden war.

Ein Wohnviertel war diese Gegend rund um Sprengers Finanzlandesdirektion nie geworden, aber bald entstand hier Verwaltungsgebäude neben Verwaltungsgebäude. Und 1905 errichteten Krauß und Tölk das Bürgertheater in einem eleganten, klassizistisch beeinflußten Jugendstil. Das kunsthistorisch nicht unbedeutende Werk wurde allerdings 1962 von der Zentralsparkasse demoliert, Teile der Innenausstattung und der Architekturplastik wurden sogar an deutsche Museen verkauft. An dieser Stelle entstand das neue Z-Hauptgebäude von Arthur Perotti und Anton Potyka. Und auf dem Areal der alten Zentralfleisch- und Grünmarkthallen, die nach dem Vorbild der Pariser Halles mit dem unterirdischen Bahnhof Hauptzollamt (heute Landstraße) verbunden waren, wurde 1972 von Pfeffer der Turm des Hilton-Hotels errichtet.

Im ganzen erinnert die kulissenhafte Verbauung beiderseits der Wien hier an jene Prachtstraße, die in zahlreichen Entwürfen und Projekten der Jahrhundertwende, vor allem von Otto Wagner, immer wieder gefordert wurde: Der Prachtboulevard, der über dem Bett der Wien von der Innenstadt nach Schönbrunn führen und in den Proportionen durchaus der Ringstraße vergleichbar sein sollte, war in diesem Teil Wirklichkeit geworden. Auch wenn die Straße selbst fehlte.

VI. Schulen an der Wien

Der Gebäudekomplex des Museums für angewandte Kunst und die Hochschule für angewandte Kunst gehören beide eigentlich zur Monumentalbauzone der Ringstraße; erst durch Zubauten – das Museum erhielt in den Jahren 1906 bis 1908 einen Seitentrakt in der Weißkirchnerstraße, den Ludwig Baumann errichtete; die Hochschule vor wenigen Jahren einen Beton-Ziegelzweckbau – rückten beide näher an die Wien.

Sowohl im geschichtlichen Rückblick wie in seiner Bedeutung als Sammlung und wissenschaftliches Institut, als auch als Hochschule gehört der Gesamtkomplex der „Angewandten" zu den bedeutendsten Instituten Europas. 1851 hatte Gottfried Semper, der später einer der wichtigsten Architekten des 19. Jahrhunderts wurde und der im Wien der siebziger Jahre mit seinem „Kaiserforum", mit der Neuen Burg und den Hofmuseen und dem neuen Hofburgtheater das städtebaulich bedeutendste Palastprojekt des Jahrhunderts verwirklichte, nach den Eindrücken der Londoner Weltausstellung radikal Neues gefordert: In seiner Schrift „Ideales Museum für Metallotechnik" beschwor er alle, die sich mit Geschmacksbildung befaßten, „öffentliche Sammlungen von Kunstgegenständen" als „mächtige Hilfsmittel für die nationale Erziehung" zu errichten. Der Wiener Kunsthistoriker Rudolf Eitelberger von Edelberg war von dieser Idee und vor allem davon, was er auf der Londoner Schau von 1862 gesehen hatte, so beeindruckt, daß er sich für Semper einsetzte. Ministerpräsident Erzherzog Rainer forderte daraufhin Vorschläge zur Gründung eines Kunstgewerbemuseums, da der Akademie der bildenden Künste der Einfluß auf das Gewerbe schon 1850 entzogen worden war.

Vorbild wurde das Londoner South-Kensington-„Viktoria und Albert"-Museum, an dem sich Eitelbergers Projekt eines Museums orientierte: Werke der Vergangenheit sollten das kunsthandwerkliche und künstlerische Schaffen der Gegenwart anregen. Ein Programm des Historismus entstand, das beispielgebend wurde. Erzherzog Rainer war begeistert, 1863 wurde das Museum für Kunst und Industrie als erstes und bedeutendstes Institut auf dem Kontinent gegründet, 1867 beschloß ein Komitee, in dem neben Eitelberger auch einer der Erbauer der Hofoper, Eduard van der Nüll, saß, daß dem Museum eine Kunstgewerbeschule angegliedert werden müßte. Heinrich von Ferstel, damals bereits als Architekt der Votivkirche hochgeschätzt, erhielt den Auftrag. Wenige Jahre nach der Schlußsteinlegung durch den Kaiser im November 1871 galt das Museum bereits als führendes Schul- und Bildungsinstitut für modernes Kunstgewerbe; die ersten Kräfte der Donaumonarchie lehrten hier. Es galt als Musterbau eines Gesamtkunstwerks der Ringstraße.

Steinsockel, Backsteinmauern, Terrakotten, Majolikaschmuck, Sgraffiti, der ungemein farbige, lichtdurchflutete Säulenhof in der Art Bramantes, mit dem Glasdach, dem reichen Freskenschmuck von Eisenmenger und Laufberger, die schön proportionierten, sachlich strengen Ausstellungssäle – alles das war ungewöhnlich und wirkte auf Schule und

Schüler stimulierend: Hier wurde in den folgenden Jahren eine der kostbarsten Kunstgewerbesammlungen der Welt zusammengetragen, hier wurde das kunstgewerbliche Programm des Historismus vermittelt, dessen praktische Verwirklichung die Schulabsolventen in den Palastbauten der Ringstraße durchsetzten, von hier, aus der Kunstgewerbeschule, wirkten die großen Reformen, die den Siegeszug des Wiener Kunstgewerbes und der Mode der Wiener Werkstätte und der Zwischenkriegszeit ermöglichten – man denke nur an Namen von Lehrern wie Josef Hoffmann, der an der Kunstgewerbeschule seit 1899 eine Klasse für Architektur leitete, oder an den Wiener Modezaren Josef Eduard Wimmer-Wisgrill. Und ebenfalls hier leitete ein so initiativer Rektor wie Oswald Oberhuber in den siebziger Jahren unseres Jahrhunderts eine Erneuerung der Hochschule für angewandte Kunst ein, die dem Institut neuen Glanz gibt: mit Professoren wie Karl Lagerfeld, Hans Hollein, Adolf Frohner, Erich Wonder, um nur einige wenige zu nennen.

Schulen und Fortbildungsinstitute am Wienfluß? Man ist sich kaum bewußt, wie viele der Wiener Bildungsinstitute seit den Tagen Kaiser Franz Josephs die Wien entlang errichtet wurden. Zum Beispiel die Handelsakademie, die Privatschule eines 1857 gegründeten Vereins war. Sie war das erste öffentliche Gebäude der Stadterweiterung nach der Schleifung der Basteien. Gefördert wurde das Institut vom Bankier, Mäzen und Freund schöner Künstlerinnen, Friedrich Freiherr Schey von Koromla, der seinen Lieblingsarchitekten Ferdinand Fellner den Älteren 1860 mit dem Bau beauftragte. Zur künstlerischen Ausgestaltung zog er u. a. den Bildhauer Josef Cesar heran, der links und rechts des Portals Statuen von Kolumbus und Adam Smith als Wächter und geistige Animateure des österreichischen Handelsstudiums aufstellte.

In diesem Bau trat erstmals die Programmidee des Wiener Historismus eindeutig zutage: Die romantische Fassadengestaltung, die an Ferstels Palast der Österreichisch-Ungarischen Bank zwischen Freyung und Herrengasse erinnert, kehrt bewußt das „Denkmalhafte" hervor – die Schule als Denkmal für die glanzvolle ökonomische Entwicklung Österreichs in Vergangenheit, Gegenwart und Zukunft: das imponierte den von grenzenlosem Wirtschaftsoptimismus beflügelten Großbürgern der Ringstraße, die mit Stolz hinaufsahen zur gönnerhaft thronenden Austria-Gruppe auf dem Mittelrisalit. Sie ist nach dem Zweiten Weltkrieg der Abräumwut spartanischer Sachlichkeitsfanatiker zum Opfer gefallen.

Etwa zur gleichen Zeit drängte das Professorenkollegium des schon 1552 von den Jesuiten gegründeten sogenannten „Akademischen Gymnasiums" auf den Bau eines neuen Schulhauses, da die Platznot in der traditions- und ruhmreichen Alten Universität längst untragbar geworden war. Für das Areal am Beethovenplatz entwarf einer der später führenden Baubarone der Ringstraße, der Architekt des Wiener Rathauses, Friedrich Freiherr von Schmidt, die neue Schule: einen gotischen Backsteinbau mit reich gegliedertem Mittelrisalit und Wappenschmuck, mit einem prächtigen Prüfungssaal im Stil der englischen Gotik, mit einem Wandgemälde von Trenkwald, einem Glasgemälde von Karl Geyling . . . Bau- und Ausstattungskosten: 537.000 Gulden. Auch hier versuchte man einen Bau zu schaffen, der in Stil und Ausstattung ein Denkmal sein sollte – ein Denkmal klassisch-humanistischer Bildung auf der Basis frommer Gläubigkeit, eine Burg geistiger Erbauung.

Diese Idee machte Schule und läßt sich an und in fast allen Schulbauten an der Wien weiterverfolgen: zum Beispiel in der Evangelischen Schule, die ein anderer Baubaron der Ringstraße, Theophil Freiherr von Hansen, gegenüber der Handelsakademie plante. Er gewann die Ausschreibung gegen so prominente Architekten wie Christian Friedrich Ludwig von Förster, den Vater der Wiener Ringstraßen-Idee. Und er baute ein Schulgebäude, das mit seinen freistehenden Säulen am Portal und den Spandrillenfiguren der Evangelisten von Hans Gasser im kleinen bereits das Konzept seines monumentalen Palastbaus der 1872 begonnenen Akademie der bildenden Künste vorwegnimmt.

Zu den bedeutenden Schulbauten an der Wien zählt die Gewerbeschule, allgemein als Mollardschule bezeichnet. Sie ist das sichtbare Ergebnis des niederösterreichischen Landesgesetzes von 1907, das das allgemeine Fortbildungswesen förderte. Noch im selben Jahr schenkte die Gemeinde dem Fortbildungsschulfonds den Baugrund in Gumpendorf bei der Stadtbahnhaltestelle Margaretengürtel. Neben der Jubiläumswerkstätte wurde bis 1911 die Riesenanlage der „Ersten Wiener gewerblichen Fortbildungsschule", heute Zentralberufsschule, errichtet, die damals nicht nur zu den größten Schulgebäuden Europas zählte, sondern auch städtebaulich eine wichtige Funktion bekam: der kulissenhafte Abschluß des Margareten- und Gaudenzdorfer Gürtels wurde Gegenpol zu Otto Wagners Stadtbahngürtelbrücke über die Wien.

VII. Vergebliche Liebesmüh um den Karlsplatz

Kehren wir zurück zum Karlsplatz: Die einst zum Teil weidengesäumte, idyllische, zum Teil recht öde Landschaft vor dem Kärntnertor hatte durch den Bau der Karlskirche unter Kaiser Karl VI. einen monumentalen Fluchtpunkt erhalten. 1716 hatte der Kaiser ein in der Zeit der Pest getanes Gelübde eingelöst und den Gedanken Johann Bernhard Fischers von Erlach aufgegriffen; die Errichtung einer theatralischen barocken Kulisse, einer Kirche mit 72 Meter hoher Kuppel, mit orientalisch anmutenden Seitenpavillons und 33 Meter hohen Triumphsäulen, nach dem Vorbild der römischen Trajanssäule, als Endpunkt einer Via Triumphalis von der Herrengasse bis hierher an die Wien. Ein Denkmal der imperialen Macht eines römischen Kaisers und seiner Residenz, des letzten männlichen Erben Karls V., in dessen Reich die Sonne nicht unterging, würdig eines Monarchen, der seine Jugend in der steifen Pracht und Herrlichkeit des Escorial verbracht hatte und nun seinem Wien an allen Ecken und Enden seinen Stempel aufdrükken wollte – indem er den Reichskanzleitrakt baute, die Winterreitschule, die Hofbibliothek, den „Wiener Escorial" der Klosterresidenz Klosterneuburg, die Karlskirche . . .

Da die Staatskasse allerdings alles andere als gefüllt war und Karl immer wieder in Kriege verstrickt wurde, mußten die 304.000 Gulden für den Bau der Kirche in den Kronländern aufgetrieben werden. Sogar Strafgelder wurden verwendet, die die Stadt Hamburg bezahlen mußte, da der protestantische Hamburger Pöbel die Kapelle der österreichischen Gesandtschaft demoliert hatte. Mit der Ausstattung der Karlskirche wurden einige der ersten Bildhauer der Zeit, wie Lorenzo Mattielli und Giovanni Stanetti, beauftragt, die ein allegorisches Programm mit kühnem Schwung in Stein übersetzten; Daniel Gran, Johann Michael Rottmayr und Martino Altomonte malten mit kühnem Schwung ihre Visionen aufbrechender Himmel, Franz Caspar meißelte die beiden riesigen Engelstatuen an der Freitreppe. Und Johann Christoph Mader gestaltete die Spiralreliefbänder an den Schäften der Triumphsäulen – Darstellungen aus dem Leben des hl. Karl Borromäus.

Neben der Karlskirche befand sich der Bürgerspitalsgottesacker mit der 1790 abgerissenen Rochuskapelle, wo der einst berühmte venezianische Komponist Antonio Vivaldi im

Juli 1741 in einem nicht mehr bekannten Grab beigesetzt wurde. Der „rote Priester", einst hochgefeierter Maestro im venezianischen Ospedale della Pietà, war dort immer mehr in Ungnade gefallen. In seiner Not reiste er schließlich nach Wien, hoffte er doch auf seinen Gönner Kaiser Karl VI., dem er einst das Autograph seines Opus 9 als Geschenk überreicht hatte. Aber im Oktober 1740 war Karl bereits verstorben, und der bald darauf ausbrechende österreichische Erbfolgekrieg ließ für Vivaldi jede Hoffnung schwinden. Die 18jährige Maria Theresia, der Vivaldis Musik nicht allzuviel bedeutete, hatte andere Sorgen, als die zerrüttete Existenz des Compositeurs zu sanieren. Wie Vivaldi sein Leben in Wien fristete, weiß man nicht. Bekannt ist nur die Eintragung des Sterbedatums im Totenbuch von St. Stephan am 28. Juli 1741.

In einem der Häuser, Karlsplatz 13, die hier im 19. Jahrhundert standen, dann aber für den Neubau der Technischen Hochschule demoliert wurden, kam am 24. Oktober 1844 Karl Lueger zur Welt. Er war der Bürgermeister, der der k. k. Haupt- und Residenzstadt seinen unverwechselbaren Stempel aufgeprägt hat. 1885 wurde der Advokat in den Reichsrat gewählt, ab 1887 führte er den Christlichsozialen Verein, der 1893 in die Christlichsoziale Partei umgewandelt wurde, und von 1893 bis 1895 war er Stadtrat; 1895 wurde er viermal zum Bürgermeister gewählt, doch erst die fünfte Wahl 1897 erhielt die kaiserliche Bestätigung. Was „den Dr. Lueger", der populär werden sollte, wie kaum ein zweiter christlichsozialer Politiker, nur umso stärker motivierte, seine Fähigkeiten zu beweisen: Seine weitblickende, konsequente Kommunalisierungspolitik war im Grunde das Werk eines Jahrzehnts – 1899 brachte er die Gaswerke, 1902 die Elektrizitätswerke in die Kompetenz der Gemeinde Wien, von 1897 bis 1902 verstaatlichte und elektrifizierte er die Straßenbahn, 1900 bis 1910 errichtete er die zweite Hochquellenwasserleitung, 1905 gründete er das Machtinstrument Zentralsparkasse und die Städtische Bestattung, 1902 bis 1904 ließ er das Lainzer Versorgungshaus und 1902 bis 1907 die Heil- und Pflegeanstalt Am Steinhof sowie zahlreiche Schulen, Markthallen, Volksbäder und Warenhäuser erbauen und schloß – nicht zuletzt aus wahltaktischen Gründen – 1904 Floridsdorf an Wien an, um eine Entwicklung Wiens jenseits der Donau zu fördern. Verständlich, daß jeder Wiener, dem „der Dr. Lueger die Hand gereicht hat", ihn vergötterte . . .

Der Karlsplatz in seiner heutigen Form – „kein Platz, sondern eine Gegend", meinte Otto Wagner – entstand zwischen 1894 und 1900, nachdem nach Wagners Plänen der Wienfluß teilweise eingewölbt war und die Stadtbahnanlagen gebaut worden waren. Die Karlskirche blieb natürlich das dominierende imperiale Werk, das schon seit dem frühen 19. Jahrhundert, konsequent aber seit der Stadterweiterung von 1857 mit einem Kranz von Monumentalbauten umgeben worden war.

Die Technische Universität, einst Polytechnisches Institut, wurde bereits 1816 nach Plänen Joseph Schemerls von Leytenbach auf den Gründen des demolierten Palais Losy errichtet. Bis 1907 wurden dem feinen klassizistischen Gebäude zwar immer neue Aufbauten und Erweiterungstrakte hinzugefügt. Aber stets wirkte die Anlage wie ein rechter „Seitenflügel" der Karlskirche, was Otto Wagner schließlich für sein Projekt eines Kaiser-Franz-Joseph-Stadtmuseums ausnützen wollte. Es sollte – wie heute das Historische Museum der Stadt Wien, das 1953 bis 1959 von Oswald Haerdtl erbaut wurde – sozusagen einen linken Flügel suggerieren und dem Platz Symmetrie geben.

Technische Hochschule, Evangelische Schule, Historisches Museum der Stadt Wien am rechten Wienflußufer, historistische Mietshäuser, Handelsakademie, Künstlerhaus und Musikverein am linken – der Kranz von Gebäuden erzeugte doch keine befriedigende

Rundung und Geschlossenheit des Karlsplatzes. Der Platz blieb ein Torso, was umso stärker spürbar blieb, als er auch nach Südosten, zum Schwarzenbergplatz hin offenblieb und nach Nordwesten mit der Friedrichstraße und der Operngasse zu einem weiteren Platzgebilde verschmilzt. Freilich ohne daß die Zinshäuser des Historismus, das Gebäude der Secession, der 1923 von Heinrich Schmid und Hermann Aichinger errichtete originelle Block des Verkehrsbüros, das 1936 von Oskar Thiede gebaute Bärenmühle-Haus und das Porr Ag-Bürohaus von Egon Riss und Fritz Judtmann dem Platz ein einheitlicheres Gepräge gegeben hätten. Zu viele Straßenzüge kreuzten und zerschnitten schon immer dieses Nebeneinander von Verkehrswegen, Rasen- und Parkflächen und Architekturversatzstücken. Otto Wagner setzte sich deshalb auch immer wieder mit Projekten auseinander, die dem Platz selbst stärkere Akzente geben und ihn so vereinheitlichen sollten. So wollte er die breite Kulisse der Karlskirche durch einen gewaltigen Kolonnadentrakt nach dem Vorbild der Peterskirche in Rom einfassen. Andere seiner Pläne zeigen ein riesiges Kaiser-Franz-Joseph-Denkmal mit blauen und weißen Kacheln, vergoldeten Ornamenten und Fontänen. Doch es blieb bei den Projekten, und nicht nur, weil der Kaiser und die Stadt Wien zögerten. Wagner selbst dürfte alle Lösungsvorschläge letzten Endes doch als unbefriedigend empfunden haben.

Ab 1969 wurde der Karlsplatz als Knotenpunkt dreier U-Bahnlinien umgebaut: fünf Geschosse in die Tiefe, ausgedehnte Fußgeherpassagen, in denen Geschäfte, Cafès, Stehbars, Serviceeinrichtungen untergebracht wurden; die Verkehrswege, Fußwege und Parkanlagen, die architektonischen Elemente und die zahlreichen Denkmäler und Brunnen des Platzes wurden auf verschiedene Ebenen verlegt. Das weitläufige Platzgebilde, das mit seinen Gebäuden früher zumindest durch die streng einheitliche Platzfläche zusammengehalten wurde, zerfällt jetzt völlig. Man wird den Eindruck nicht mehr los, daß die Gebäude nur noch eine Randzone sind, von der man den Platz selbst abgesondert hat; sie leben nicht mehr auf dem Platz, wirken nicht in den Raum, sondern stehen wie eine feindliche Front da – am Rand eines riesigen unüberschaubaren Gewirrs der verschiedenen Ebenen, Straßenzüge, Grünlandschaften, die nach mehrfach modifizierten Plänen Sven-Ingvar Anderssons gestaltet wurden. Und alle Versuche, dieses Monster Karlsplatz zu beleben, wie das die Wiener Festwochen seit Jahren mit Avantgardetruppen und Experimenten wagen, bleiben immer nur inszeniertes Leben aus zweiter Hand. Der Karlsplatz wartet weiterhin darauf, von einem Architekten seine Fassung zu bekommen.

VIII. Stätten geistiger Entscheidungen

Wenige Straßenzüge Wiens beherbergen so viele Gebäude, in denen Kultur- und Geistesgeschichte gemacht wurde, wie die Zone zwischen Stadtpark und Secession. Es waren – und sind zum Teil auch heute – Stätten der Entscheidung, an denen gegen erstarrte Traditionen und für Neues mit Engagement und Erbitterung gekämpft wurde. Hier wurden einige der größten architektonischen Meisterwerke des Wiener Historismus gebaut, und hier stritten die Verfechter des Neuen gegen die Ringstraßenwelt. Man denke nur an das Haus der Gesellschaft der Musikfreunde, den Musikverein mit seinem Goldenen Saal. Zwischen 1867 und 1870 hatte Theophil von Hansen ihn als Konzertgebäude, Konservatorium und Vereinsgebäude errichtet: zwei Konzertsäle im antikisierenden Renaissancestil. Als die Wiener Gesellschaft zum ersten Mal das Interieur besah, blieb ihr vor Staunen der Mund offen. Vergleichbares hatte sie noch nie gesehen – gibt es auch heute nirgends. Ein Saal in Gold getaucht, reich geschnitzt die Kassettendecken, goldene Balkone getragen von 36 goldenen Karyatiden, die prunkvolle Orgel, Deckenbilder Apollons und der Musen von August Eisenmenger – das war verschwenderischer Luxus, der genau dem Geschmack des Großbürgertums der Ringstraßenwelt entsprach. Und die Geschichte, die dieses Haus machte, sollte der äußeren Pracht in nichts nachstehen.

Seit 1870 wurde der Musikverein zur Stätte der größten Triumphe der berühmtesten Dirigenten am Pult der Wiener Philharmoniker, aller anderen später gegründeten Wiener Orchester und der berühmtesten Klangkörper des Auslands. Brahms, Wagner, Bruckner, Mahler sind hier am Pult gestanden, die gefeiertsten Instrumentalisten haben hier konzertiert, die berühmtesten Chöre wurden in diesem Saal bejubelt – Herbert von Karajan ist zum Beispiel Chordirektor auf Lebenszeit des Singvereins der Gesellschaft der Musikfreunde. Rauschende Ballfeste werden hier gefeiert. Und wer im Archiv Akten und Dokumente studiert, staunt über die Kostbarkeiten an Autographen, unter denen der Nachlaß Johannes Brahms' wohl zum Wertvollsten gehört. Die Archivbestände in den Tresors des Musikvereins gelten als größte und bedeutendste musikalische Privatsammlung der Welt.

Die 1817 gegründete Singschule und die 1822 ins Leben gerufene Schule für Instrumentalmusik, die beide unter dem Namen „Conservatorium" zuerst im alten Musikvereinsgebäude auf der Wiener Tuchlauben, dann im Haus am Karlsplatz untergebracht waren, übersiedelten 1913/14 in den neuen Gebäudekomplex der Akademie für Musik, die mit dem Akademietheater und dem Konzerthaus in einem Gebäude Platz fand. Ludwig Baumann, Ferdinand Fellner junior und Hermann Helmer planten diesen Komplex. Vor allem der Große Saal des Konzerthauses zählt zu den bedeutendsten Beispielen jenes späten Wiener Historismus, in dem klassische Tendenzen und Anklänge der Secession ein beschwingtes Ganzes ergeben. Das Konzerthaus wurde zur Heimstatt der 1900 gegründeten Wiener Symphoniker, die hier und im Musikverein Triumphe feierten. Von Anfang an war das Konzerthaus dabei eine Pflegestätte der Moderne und der Avantgarde. Internationale Stars wie Leonard Bernstein, Pierre Boulez, Krzysztof Penderecki, György Ligeti, Roman Haubenstock-Ramati, Friedrich Cerha, Bruno Maderna, Witold Lutoslawski leiteten und erlebten hier Aufführungen eigener Werke. Und so mancher Kampf um die Werke der Wiener Schule, um Schönberg, Berg und Webern, wurde hier ausgetragen.

Wie Musikverein und Konzerthaus lange Zeit Gegenpole der Musikpflege waren, so bedeuteten auch die Spannungen zwischen den beiden anderen Kunstinstituten, dem Künstlerhaus und der Secession, neues künstlerisches Leben, neue Impulse, den Aufbruch zu neuen schöpferischen Leistungen.
1897 war es in der Genossenschaft der bildenden Künstler, d. h. im Künstlerhaus, zum großen Krach um Ausstellungsprojekte, Künstlerbeteiligungen, stilistische Fragen gekommen. Die Gruppe der jungen Radikalen um Gustav Klimt empfand die Tradition als Versteinerung. Ihr war der 1865 bis 1868 von August Weber erbaute Neorenaissancebau auch geistig zu eng geworden. Die Anhänger Klimts wollten nicht länger das in ihren Augen längst altmodisch gewordene Erbe der Historienmalerei als Last weiterschleppen. Daß Hans Makart hier mit jeder seiner Ausstellungen Triumphe gefeiert hatte, war für sie ohne Bedeutung. Daß seine leuchtenden Gemälde wie „Catarina Cornaro" oder „Der Einzug Karls V. in Antwerpen" zu den Sensationen Ringstraßen-Wiens gehörten, ging sie ebenso wenig an, wie daß sich Herren duellierten, weil sie ihre Frauen oder Freundinnen

fast unbekleidet in den Volksmassen auf diesen Gemälden gemalt entdeckten. Die Klimt-Gruppe nahm es nicht länger hin, daß die alten Künstlerhausmitglieder diktierten, was große Wiener Kunst sei und welche Bilder und Skulpturen in den Galerien und Salons den Ton angeben sollten. Mit leidenschaftlichem, fast pathetischem Entzücken standen diese Jungen dem Leben gegenüber, das sie erneuern wollten. Die Kunst war ihnen heilig, sie wollten Kunst und Leben in einem „heiligen Frühling" eins werden lassen. Sie suchten Schönheit, eine neue Schönheit. Und wollten und konnten die neue Händlerwelt und das Gemachtwerden in der Kunst nicht länger akzeptieren.

Das waren die Gründe für den Krach und danach für die Spaltung der Genossenschaft. Die Jungen, die sich um Fixsterne wie Rudolf von Alt, den Vater der Modernen, und um Otto Wagner geschart hatten, zelebrierten ihre *secessio,* ihren Auszug. Und ihre Bewegung nannten sie Secession. Mußte auch die erste Ausstellung der jungen Revoluzzer im März 1898 noch im Gartenbaugebäude am Parkring stattfinden, so baute Otto Wagners Schüler Joseph Maria Olbrich kaum ein paar hundert Meter weit vom Künstlerhaus, an der Wienbiegung zum Naschmarkt hin, das neue Vereinsgebäude: die Secession. Einen strengen Baublock, über dessen viereckiger Tornische sich eine bis dahin noch nie gesehene Art von Kuppel erhebt – eine Kugel aus 3000 vergoldeten Lorbeerblättern und 700 vergoldeten Beeren. In deutlich lesbaren Lettern prangt über dem Portal die Inschrift „Der Zeit ihre Kunst, der Kunst ihre Freiheit". Das Motto war rascher Wirklichkeit geworden, als manche zu hoffen gewagt hatten. Als das Bauwerk im November 1898 eröffnet wurde, fanden's die Wiener einfach scheußlich. „Goldenes Krauthapl" ätzten sie und meinten, sie möchten in diesem Grabmal des Mahdi nicht einmal begraben werden.

Genauso war dieses Gebäude aber gemeint – es sollte sich gegen den zu Ende gehenden Historismus deutlich absetzen. Es wollte protestieren. Und Hermann Bahr, der die Entwicklung der Secession mit programmatischen Aufsätzen und Leitgedanken begleitete, formulierte im ersten Heft der Zeitschrift „Ver Sacrum", die diesen heiligen Frühling dokumentierte: „Bei uns wird . . . um die Kunst selbst gestritten, um das Recht, künstlerisch zu schaffen." Und im zehnten Heft heißt es: „Natürlich stellten sie sich dabei unter Secessionismus nichts Klares vor, stritten aber zur Abwechslung über die Berechtigung des secessionistischen Stils. Eine unglaubliche Wortverbindung! Wo secessionistische Bestrebungen – wenn das häßliche Wort schon Bürgerrecht erwerben soll – zutage traten, bestanden sie immer in der Auflehnung gegen die Convention, in dem Verlangen nach Individualität, in der Suche nach der ‚eingeborenen Form' . . . im Gegensatz zu erlogenen, aufgepfropften, anderswoher genommenen Formen. Und dieses ganze Streben: ‚Weg von der ausgeborgten Stilform!' sollte selbst wieder ein Stil genannt werden dürfen? – Es gibt keinen ‚Secessionistischen Stil'. Das ist die Sache. Sondern es kommt nur heutzutage häufiger als in früheren Zeiten vor, daß es Künstler wagen, ihre eigene Sprache zu sprechen."

Jede der Ausstellungen, die von nun an im Secessionsgebäude stattfanden, wurde ein sensationelles Ereignis. Wien war auf den Beinen. Die einen kamen, um zu schimpfen, zu geifern und gegen die Zerstörung der Kunst durch Verrückte zu predigen. Die anderen stürzten sich ins Abenteuer der Neuen Kunst. Die Wogen glätteten sich wieder, Alfred Roller, gebürtiger Brünner, der große Bühnenbildner, Mitstreiter Gustav Mahlers, Richard Strauss' und Professor an der Kunstgewerbeschule, beschreibt diese Auswirkung in Heft 22 des „Ver Sacrum", 1900: „Für unser Wien hat die Ausstellung noch eine besondere, geradezu epochale Bedeutung: die Secession kommt den Leuten nicht mehr ‚secessionistisch' vor, das heißt, die Moderne hat in Wien aufgehört, Mode zu sein, der gelangweilte Pöbel der verschiedenen Gesellschaftsschichten hat andere Spielzeuge gefunden. Und das ist ein großes, wohltuendes Glück für uns. Wird das fortab ein Vergnügen sein, wenn wir, unbehelligt von dem gleich verletzenden Lob wie Tadel der Allzuvielen, mit unseren ernsten Freunden alleingelassen, unserer Arbeitsfreude freie Zügel werden geben können! Die Secession ist in Wien keine Hetz mehr – umso besser für ihren Ernst."

Die Secession war zum Schlachtfeld geworden, in dem zäh um die Moderne gerungen wurde. Das Ausland wurde immer wieder zu Ausstellungen eingeladen. Impressionismus und Symbolismus, Japan und der Norden, Segantini und Hodler, Van Gogh, Cézanne, Seurat, Munch wurden den eigenen Arbeiten gegenübergestellt. „Wir wollen eine Kunst ohne Fremdendienerei, aber auch ohne Fremdenfurcht und ohne Fremdenhaß", verkündete das „Ver Sacrum". Die ausländische Kunst soll uns anregen, uns auf uns selbst zu besinnen, wir wollen sie anerkennen, bewundern, wenn sie es wert ist; nur nachmachen wollen wir sie nicht." Und mit diesem Credo gelang den Secessionisten etwas, das auf die kommenden Jahrzehnte von hier, von der Hochburg an der Wien aus, weiter gewirkt hat: die Vorstellung, daß es eine zutiefst österreichische Moderne gibt, die absolut nichts mit „Heimatkunst" zu tun hat, daß es eine wienerische Moderne gibt, die international an der vordersten Front steht, daß die Secession etwas unverwechselbar Wienerisches ist, ganz anders als Jugendstil oder Sezession, oder wie immer es heißt, sonst wo – in Paris, Berlin, London und Glasgow, in Mailand, Brüssel, Budapest oder München . . .

Gustav Klimt, der Wiener, der in den Kunstgewerbeschulklassen Laufbergers, Riesers, Minnigerodes, Hrachownas und Bergers ausgebildet worden war und dann in einer Ateliergemeinschaft mit seinem Bruder Ernst und mit Franz Matsch arbeitete, war nicht nur der erste Präsident der Secession, er war auch ihr „Kopf". Immer wieder hat ihm die Secession große Ausstellungen gewidmet. Und 1902, als hier Maximilian Klingers Beethoven-Skulptur im Mittelpunkt einer sensationellen Schau stand, war Klimts riesiger Fries das zweite bestimmende Element.

1903 wagte die Secession den Versuch, Klimts gewaltige Fakultätsbilder für den Festsaal der Wiener Universität auf der Weltausstellung in St. Louis zu zeigen – als „das Bedeutendste, was die österreichische Kunst der letzten Jahre . . . hervorgebracht hat". Die Sonderausstellung scheiterte, und die Secession verteidigte ihren Standpunkt im Februar 1904 im letzten Heft der Zeitschrift „Ver Sacrum". 1905 kam es zum Bruch innerhalb des Secessionistenkreises. Klimt zog mit den bedeutendsten Künstlern wie Josef Hoffmann, Koloman Moser, Alfred Roller und den Jungen, wie Oskar Kokoschka und Egon Schiele, aus der Secession aus. Das goldene Zeitalter der Secession war zu Ende, auch wenn die Künstlervereinigung bis heute fast alle prominenten Künstler in ihren Reihen als Mitglieder versammelt hat.

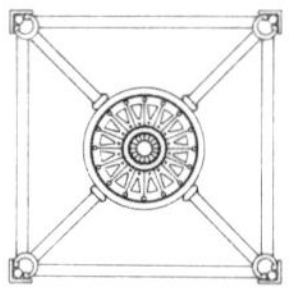

IX. Von der Dampfstadtbahn zur U 4

Von Anfang an war das Projekt des Stadtbahnbaus mit der Regulierung der Wien untrennbar verbunden. Zwar gab es schon 1852 erste Überlegungen für eine „Wiener Stadteisenbahn", an der sich die Wiener-Bau-Gesellschaft und der Wiener-Bank-Verein beteiligen wollten, sogar eine Bahnbau-Konzession wurde dafür im Zug der Demolierungsarbeiten an den Basteien erteilt – doch die Spekulanten zögerten. Zu einer unaufschiebbaren Angelegenheit wurde das Stadtbahnprojekt erst durch die Eingemeindung der Vororte Wiens ins Stadtgebiet und die Eröffnung der elf Kilometer langen Gürtelstraße im Jahre 1873. Die 1892 gegründete Kommission für Verkehrsanlagen arbeitete unter Eisenbahnminister Heinrich von Wittek ein Bahnprojekt aus und übertrug die Ausführung den k. k. Staatsbahnen. Baudirektor Friedrich Bischoff von Klamstein konnte nach dem Gesetzesbeschluß von 1892 schon 1894 mit den Vorarbeiten beginnen. Allerdings waren sich alle, auch die besonders interessierten militärischen Stellen, darüber im klaren, daß das Stadtbahnbaukonzept nur im Zusammenhang mit einem Generalplan für Haupt- und Lokalbahnen verwirklicht werden konnte.

Zu den Hauptbahnen zählte die Gürtellinie, die – nie ausgeführte – Donaustadtlinie, die vom Praterstern durch die Donaustadt am rechten Donauufer nach Nußdorf fahren sollte, sowie die Vorortelinie von Penzing nach Heiligenstadt. Die Lokalbahnen umfaßten die Wientallinie vom Westbahnhof über Gumpendorf zur einstigen Elisabethbrücke am Karlsplatz und zum früheren Hauptzollamt, dem heutigen Bahnhof Wien Mitte – Landstraße, wobei auch eine Abzweigung der Dampftramway zur Schönbrunner Linie nach Mödling geplant war, schließlich die Donaukanallinie vom Hauptzollamt bis zum Franz-Josefs-Bahnhof, mit der Verlängerung nach Heiligenstadt sowie eine innere Ringlinie von der Elisabethbrücke zum Schottenring und bis zum Kaiserbad. Gestalt nahm das Projekt an, als Otto Wagner mit der Ausführung betraut wurde. Die Brücken der Gürtellinie und Wientallinie, darunter das monumentale Meisterwerk seiner von der Gumpendorferstraße über das Wiental führenden Brückenanlage mit den Viadukten, entstanden zwischen 1895 und 1899, jene der Donaukanallinie wurde 1900 und 1901 erbaut. Ab 1895 errichtete Wagner auch die Haltestellengebäude. Am 9. Mai 1898 wurde die Wientallinie als Dampfstadtbahn eröffnet, im Juni folgte die Vorortelinie, 1901 waren alle übrigen Linien fertiggestellt. Wien hatte den Grundstock zu einem modernen Verkehrsnetz gelegt, das bis heute funktioniert. Nach dem Ersten Weltkrieg machte akuter Kohlemangel den Verkehr allerdings unmöglich. Die Bundesbahn benützte Teile der Anlage. 1923 entschloß sich die Gemeinde, die Stadtbahn aus der Verwaltung der Kommission für Verkehrsanlagen zu übernehmen und die Anlagen zu elektrifizieren. 1925 wurde auf der Wiental-, Donaukanal- und Gürtellinie der elektrische Betrieb aufgenommen, die Vorortelinie, die jetzt dem Schnellbahnnetz eingegliedert wurde, blieb für den Güterverkehr der Bundesbahn reserviert.

Von Otto Wagner und seit 1910 von Franz Musil lagen umfangreiche Vorschläge und Berechnungen für ein modernes Schnell- und U-Bahnprojekt mit Radiallinien und einem Verkehrsknoten Stephansplatz vor, eine Realisierung scheiterte allerdings durch den Ausbruch des Ersten Weltkrieges. Erst im Zuge des U-Bahnbaus, der 1968 beschlossen wurde, griff man diese Idee wieder auf. Die Stadtbahnlinien im Wiental und entlang des Donaukanals wurden in die U 4 umgewandelt, heute von „Silberpfeilen" befahren, und die 1910 konzipierte Radiallinie Praterstern-Stephansplatz wurde teils in die U 1 zwischen Reumannplatz und Kagran, teils in die U 3 zwischen Breitensee und Erdberg umgewandelt.

Die Berufung Otto Wagners zum Architekten und Gestalter dieses entscheidendsten und bedeutendsten Wiener Verkehrsbauwerks bedeutete für den Wienfluß die radikalste Veränderung seit Jahrhunderten. 1893 war Wagners Wettbewerbsprojekt für eine Generalregulierung als umfassendes Wiener Stadtplanungskonzept preisgekrönt worden. Sein Kennwort „Artis sola domina necessitas" wurde zur Devise seiner künstlerischen Arbeit: Wagners Grundsatz war, daß bei Nutzbauten der Bautechniker vor dem Künstler Vorrang haben müsse (was seine Stadtbahnplanung bis heute funktionstüchtig macht).

Jedenfalls konnte er seine Theorien, die er 1896 in seinem Buch „Moderne Architektur" über die Ablehnung historischer Stilelemente und die Geburt eines neuen Baustils, mehr noch, eines neuen Baudenkens, vertreten hatte, an der Wien sofort in die Praxis umsetzen. Paradebeispiele wurden die eleganten Brücken, bei denen Konstruktion und funktionelle Gestaltung zu einer künstlerischen Einheit wurden, ebenso die Stadtbahnstationen, von denen einige zu den Meisterleistungen der Architekturgeschichte zählen – wie der Hofpavillon in Hietzing und die dekorativen, vorbildlich restaurierten Stationsgebäude auf dem Karlsplatz. Die kunsthistorische Bedeutung dieser 33 Stadtbahnstationen hat die Mehrzahl von ihnen nicht davor bewahrt, während der U-Bahnbauten rücksichtslos zerstört oder durch Umbauten entstellt zu werden.

Glücklicherweise ist man nicht überall mit Otto Wagners Bauwerken so rüde umgegangen. So wurden seine Wohnhäuser, die er zwischen 1898 und 1900 entlang der Stadtbahn an der Linken Wienzeile errichtet hat, beispielhaft restauriert. Diese Prachtbauten – die Hausnummern sind Linke Wienzeile 38 (restauriert mit Hilfe der Creditanstalt, im Erdgeschoß befindet sich eine Filiale der CA) und 40 und Köstlergasse 3 – sind als Meisterwerke einer totalen Durchgestaltung nicht bloß in die Kunstgeschichte eingegangen, sie vermitteln auch einen Hauch von jenem erlesenen Geschmack und verschwenderischen Luxus Wiens, mit dem Wagners Kaiserboulevard nach Schönbrunn geschmückt werden sollte: das eine Gebäude weißgrau,mit üppigen Goldornamenten und Medaillons mit Palmetten geschmückt, das andere mit geblumten Majolikakacheln überzogen.

Diese Häuser gaben jedenfalls an der Linken Wienzeile zwischen Secession und der Station Pilgramgasse den Ton an. Fast in jedem spürt man die neue Leidenschaft für das Übermonumentale, das Gewaltige, für die übersteigerte Kulissenarchitektur der Weltstadt: so in Stephanns 1907 entstandenem prunkvollem Kaufherrenhof, Getreidemarkt 1, mit seinen pompösen Ecktürmen, in den Riesenzinspalästen von Fuchs, Wienzeile 4, in Fellners und Helmers jetzt wieder teilweise rekonstruierter Wienzeile-Fassade des Theaters an der Wien, im secessionistischen Klassizismus der Ludwig-Baumann-Häuser, Wienzeile 8 bis 10, bis hin zum neobarock-schwülstigen Palais Leon-Wernburg, Wienzeile 36, zu Kmunkes und Köhls Palais im Makartstil mit den Riesensäulen, Wienzeile 42, im 1913 entstandenen Geßner-Haus, dem späteren Krankenkassengebäude, mit seinen strengen Säulenordnungen und den Skulpturen Anton Hanaks, Wienzeile 48 bis 52, im Rüdigerhof an der Rechten Wienzeile oder in den reizvollen ritterromantischen Zinshäusern, die bis zur Magdalenenstraße eine Zone reicher, inspirierter Monumentalarchitektur bilden. Nicht alle diese Gebäude stellen Meisterleistungen von der Eigenart der Wagner-Bauten dar, sie bekräftigen jedoch, wie sehr Wagner auf die weltstädtische Baukonzeption in dieser Region Einfluß genommen hat, wie sehr sein Werk beispielgebend gewirkt hat.

X. Kleingewerbe am Hundsturm und in Gumpendorf

Fast merkwürdig wirkt ein plötzliches Auslassen der großen Bauten in der Zone zwischen Wagners Stadtbahnstationen Pilgramgasse und Schönbrunn. Da kippt der Geschmack plötzlich in eine kleinbürgerliche Bauweise um, die von der Vorstadt geprägt zu sein scheint. Als wäre Wien in seiner Spätzeit müde geworden und hätte nicht mehr die Kraft aufgebracht, einen neuen Schub von Bauanforderungen zu bewältigen. Hier bleibt der Wagnersche Prachtboulevard Torso. Und nur wenige Bauleistungen ragen heraus – wie die schon früher erwähnte Mollard-Schule. Oder wie einzelne Gebäude rund um das alte Hundsturmviertel hinter dem St.-Johann-Park, wo schon um 1408 die „Hunczmühle" mit einem landgräflichen Rüdenhaus stand, die später durch ein Jagdhaus und 1672 durch ein von Kaiser Karl VI. gern genütztes Jagdschloß ersetzt wurden. In der kleinen Ansiedlung um den Hundsturm waren Leinen- und Seidenzeugfabriken untergebracht. Dort stand bis 1860 ein Brauhaus, dort befand sich die berühmte Kartenmalerfabrik des Max Uffenheim. Nur die Hundsturmer Hauptstraße hat 1898 ihren ehrsamen alten Namen verloren: sie wurde in Schönbrunner Straße umbenannt.

Das Viertel hat – wie auch das auf der anderen Seite der Wien liegende Gumpendorf – viel von seiner alten, schäbigen Vorstadtatmosphäre behalten. Am Hundsturm wie drüben in Gumpendorf die schmalen grauen Straßen, links und rechts zwei- bis dreistökkige Zinshäuser der frühen Gründerzeit, viele nach dem bekannten Zimmer-Küche-Bassena-Modell gebaut, dazwischen rücksichtslose, blindwütig wirkende Einbrüche des neuen Wien – fünf- bis siebenstöckige Wohnhäuser der letzten zehn Jahre, „Wohnungen auf einem Sockel von Garagen – oder Baulücken hinter Plakatwänden".

Noch immer im Viertel beheimatet sind Gewerbetreibende. Als wohl typischster Bau für die Bedürfnisse des Kleingewerbes sei der Werkstättenhof Mollardgasse 85 erwähnt. Er entstand 1908 auf Intervention des Gewerbes im Auftrag der christlichsozialen Stadtverwaltung, um all jenen, die sich keine auch noch so winzige Fabrik leisten konnten, Arbeitsräume zu beschaffen.

Die Vorstadtidylle wäre unvollständig, wenn hier unter den Stadtbahnviadukten und unter Otto Wagners Brücken nicht schon immer flotte Damen dem ambulanten Gewerbe nachgegangen wären und wenn hier nicht die „renommierten" Hotels der Gunst des schönen Augenblicks Vorschub geleistet hätten. Fast wirkt wie Ironie, daß gerade im Hotel Schwarzinger am Schwarzpark, dort wo unablässig die Autokolonnen um die gefährlichste Kurve des Gaudenzdorfer Gürtels rasen, jener Saal versteckt ist, in dem einst, im Ringstraßenwien, die Gunstgewerblerei durch Wein und Musik begünstigt war. Wein, Weib und Gesang, Liebesgeflüster und deftige Walzer, das „Füsseln" unterm Thonet-Tischchen und die johlende Begeisterung – das alles machte die Stimmung aus im alten Dianasaal mit den gußeisernen Pfeilern, wo die Volkssänger der Zeit ihre Liedln sangen und ihre Zoten rissen. An den Wänden hängen heute noch wie damals die Riesengemälde der Majestäten, Franz Josephs und Elisabeths; und im Flur ist das vergilbte Originalphoto des Saals zu sehen, auf das die Eigentümer mächtig stolz sind.

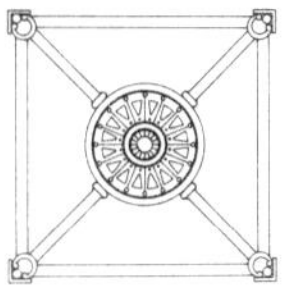

XI. Frau Sopherls Reich

Auf dem Weg stadtauswärts wurde eine Wiener Institution bisher nicht genannt: der Naschmarkt, das Reich der Frau Sopherl, dieses hantigen, „goschert"-liebenswerten, will meinen wortgewaltigen Originals mit den „zwa rechten Pratzen", und dem Sprücherl: „Gnädigste, schene Nierndln ham ma da." Daß dieser beliebteste Wiener Markt seinen Namen von der Asche erhalten hätte, die von den häufigen Bränden der kleinen Pavillons übrigblieb, ist eine böswillige Erfindung jener, die schon immer die Liquidierung des Naschmarkts forderten. In Wirklichkeit bezieht er seinen Namen vom Wort „Asch", was Milcheimer bedeutet. Und Milch wurde hier ja einst vor allem verkauft. Der frühere Standplatz vor dem Freihaus wurde wegen der Umgestaltung des Karlsplatzes auf das überwölbte Wienflußareal zwischen den Wienzeilen verlegt, außerhalb des Getreidemarkts. Der Milchverkauf florierte, bald kamen die ,,Bratelbrater", Knödelhütten wurden errichtet. Der Marktordnung von 1793 entsprechend, mußten alle per Fuhrwerk in die Residenzstadt gelangenden Obst- und Gemüselieferungen auf dem Naschmarkt angeboten werden, was hingegen auf Donauschiffen nach Wien kam, gelangte auf dem Schanzel am Donaukanalufer zum Verkauf. Im Laufe der Jahrzehnte wurden die Naschmarkt-Verkaufsstände immer teurer, ganze Händlerdynastien bildeten sich heraus, die mitunter mehrere Stände besaßen und – der wachsenden Bedeutung des Naschmarkts nach 1819 als sogenannter Approvisionierungsmarkt entsprechend – so auch die Wirtschaftsstruktur der Umgebung beeinflußten. Als man schließlich den Markt vom Terrain des Karlsplatzes auf das Areal des geplanten Kaiserboulevards abschob, war dies zunächst als Provisorium gedacht. Als echt wienerisches Provisorium überlebte es beide Weltkriege. Mehr noch, heute werden die kuppelüberdachten Pavillons ebenso liebevoll renoviert wie die hübsche kleine Naschmarktkapelle, in der eine Madonna des 17. Jahrhunderts, die Beschützerin des Markts, thront.

Diese Marienfigur stand ursprünglich auf der 1414 errichteten Bäckersäule, mitten auf der alten steinernen Brücke über den Wienfluß, und wurde von den Bäckern verehrt. Als die Säule 1772 abgebrochen wurde, fand die Marienstatute Platz in einer Nische nahe der Brücke, dann im ,,Schämelleiher-- und Laternenanzünderlocal" am Naschmarkt, schließlich blieb sie bis 1916 im Vorraum des Marktamtes. Von den einst berühmten Bäckerkreuzen, jenen gotischen Steinsäulen, die vor dem Bäckenhäusel und auf der vorhin erwähnten steinernen Brücke vor dem Kärntnertor standen, blieb nur eines erhalten: es befindet sich im Hof der Bäckerinnung in der Florianigasse.

Ein anderer, sehr ,,junger" Markt, der erst in den siebziger Jahren unseres Jahrhunderts gegründet wurde, schließt zwischen den Wienzeilen an den Naschmarkt an: der Flohmarkt. Buntes Treiben an Samstagvormittagen. Von alten Illustriertenbänden bis zu getragenen Kleidern und Uniformen, von altem Geschirr bis hin zur Jugendstilkleinkunst, von alten ,,Schellacks" bis zu den schaurig schönen Öldrucken mit röhrenden Hirschen findet man hier, was Nostalgieschwärmer mitunter in Entzücken verfallen läßt. Tandelkram nennt es der Wiener. Und der Flohmarkt hat tatsächlich das Erbe des einst berühmten Altwiener Tandelmarkts angetreten. Nach 1623 war das erste Marktareal vor dem Kärntnertor der traditionsreichen ,,wohlehrbaren Zunft der bürgerlichen Tandler" zugewiesen worden, dann wurden die ,,Standln" in die Leopoldstadt verlegt, wo heute noch die Tandelmarktgasse an die Zunft erinnert. 1740 bekamen die Tandler den Platz vor dem späteren Polytechnischen Institut, der heutigen Technischen Universität auf dem Karlsplatz, wo sie bis 1821 Heimatrecht besaßen. Bis zum Zweiten Weltkrieg war der Markt schließlich in der ,,Trödlerhalle" an der Roßauer Lände untergebracht, wurde aber nach den schweren Kriegsschäden des Jahres 1944 aufgelöst. Steigende Begeisterung für Flohmärkte gab den Ausschlag, daß die Gemeinde Wien in den siebziger Jahren wieder einen Flohmarkt nach dem Vorbild des berühmten Pariser Marché aux Puces auf dem Platz Am Hof zuließ. Der Erfolg blieb nicht aus, immer mehr ,,Tandler" nahmen teil, sodaß der Flohmarkt schließlich auf den ehemaligen Großmarkt beim Naschmarkt übersiedeln mußte.

Zwei Märkte an der Wien haben es übrigens geschafft, in der Literaturgeschichte Wiens einen kleinen Platz zu ergattern: der alte Heumarkt, zwischen dem Konzerthaus und dem 1961 bis 1964 von Appel und Jaksch errichteten Hotel Intercontinental, wo im Winter im einstmals größten Eislaufverein Europas begeisterte Kunstläufer ihre Pirouetten drehen und im Sommer urige Catcher einander im Freistil die Gliedmaßen zu verrenken drohen, hat durch den Konzerthaus-Zyklus „Literatur am Heumarkt" ein poetisches Flair bekommen; ebenso der Naschmarkt durch das berühmte Kabarett „Literatur am Naschmarkt", das in den dreißiger Jahren untrennbar mit dem Namen und den subtilen Wortkünsten Hans Weigels verbunden war. „Literatur am Naschmarkt" war im berühmten Café Dobner untergebracht, das nicht einmal durch seine Tradition und die Erinnerung an die berühmtesten Namen der Literaturszene vor dem Zusperren bewahrt werden konnte. Im Keller hat sich allerdings bis heute das Ateliertheater erhalten. Nach dem Zweiten Weltkrieg hat es unter Veit Relin durch seinen radikal avantgardistischen Spielplan in der Wiener Theaterszene für Aufregung gesorgt, wurden doch hier erstmals Stücke wie Picassos „Wie man Wünsche beim Schwanz packt", Audibertis „Das schwarze Fest" oder Witold Gombrowicz' „Yvonne, Prinzessin von Burgund" aufgeführt.

Daß aber sogar der nächtlich-zwielichtige Naschmarkt zu Musicalehren kommen sollte, verdankt er dem Direktor des Theaters an der Wien, Rolf Kutschera, der „Die Gräfin vom Naschmarkt", das Wiener Nachkriegslotterleben einer heruntergekommenen Schönen, mit dem Publikumsliebling Marika Rökk aus der Taufe gehoben hat. Weshalb auch prompt ein Wirt seinem Bistro den Namen „Zur Gräfin vom Naschmarkt" gegeben hat. Blättert man in alten Chroniken, findet man tatsächlich solche Geschichten aus der Naschmarkt-Halbwelt: Gesellschaftsskandale, die sich in „Bauernfeinds Mariahilfer Soiree Salon" an der Linken Wienzeile abgespielt haben, wo berühmte Volkssänger auftraten und wo sich mitunter (Halbwelt-)Stars in die Haare gerieten, so etwa 1886 die Sängerin Marie Wanthaler und ihre Konkurrentin Fanny Hornischer.

Folgt man dem Verlauf der Wientalstraße, entdeckt man, wie unterschiedlich die verschiedenen Zonen sind. In Ringstraßennähe noch die Zinspalaispracht des Großbürgertums, dann die Viertel der Kleingewerbetreibenden und nach der Gürtelbrücke Otto Wagners die neuen Bürobauten, etwa von Honeywell Bull oder das „U 4-Kaufhaus" mit seinen Garagen. An der Tür der „U 4"-Disco hängen allabendlich Trauben bunter junger Leute. Erreicht man die U-Bahnstation Schönbrunn, so ändert sich das Bild schlagartig. Rechts das weitläufige Grün des Auer-Welsbach-Parks, benannt nach Carl Auer Freiherrn von Welsbach, der 1885 das Gasglühlicht erfand – sein „Auerstrumpf" mit reinweißem Licht wurde bereits ab 1892 in Atzgersdorf fabriksmäßig hergestellt. 1898 konstruierte er die Osmium-Fadenlampe, 1903 ließ er sich das „Auermetall" für Feuersteine in Taschenfeuerzeugen patentieren und gründete 1907 die Treibacher Chemischen Werke, wo automatische Feuerzeuge hergestellt wurden.

Durch das Grün des Parks strahlt die prunkvolle Fassade des 1909 bis 1913 errichteten Technischen Museums. Am Ende der Allee weitet sich ein Platz. Hier träumt ein elegantes Palais zwischen Baumgruppen an der Ecke Hadikgasse-Johnstraße: das Palais Cumberland, wo Max Reinhardt, Österreichs berühmtester Regisseur, am 23. April 1929 das Max-Reinhardt-Seminar als Schauspielschule eröffnete. 1920 war er wesentlich an der Gründung der Salzburger Festspiele beteiligt gewesen, 1924 erwarb er das Theater in der Josefstadt, das er bis zu seiner Emigration 1938 zu legendärem Ruhm im deutschsprachigen Raum führte, an den es nach dem Zweiten Weltkrieg anknüpfen konnte. Das „Cumberland" ist ein prächtiges, romantisches Palais, das seit 1744 unter den verschiedenen Besitzern, dem aus Portugal stammenden Herzog von Silva Taroucca, der Kaiserin Maria Theresia, dem Baron Pouthon, immer wieder umgebaut und erweitert wurde.

Gegenüber stehen dicht gedrängt im Sommer die Autos und Autobusse der Besucher von Schönbrunn. Die kaiserlichen Löwen und die Sphinxe auf der Schönbrunner

Schloßbrücke sind von Abgasen umnebelt, und Menschenmassen drängen hinter hochgehaltenen Schirmen und Fähnchen der „Guides". Bildungshungrige stürmen tagsüber in den leuchtendgelben Ehrenhof des Schlosses Schönbrunn, um die Kaiserappartements Maria Theresias, des Herzogs von Reichsstadt, Franz Josephs zu besichtigen. Und danach vielleicht auch zur Gloriette zu pilgern. Am Abend geht man ins Schloßtheater Maria Theresias, wo die Wiener Kammeroper im Sommer vorwiegend Werke Haydns, Mozarts, Paisiellos oder von Johann Strauß aufführt.

In den Jahren 1744 bis 1747 wurde das Theater von Nicolo Pacassi erbaut; 1767 hat Johann Ferdinand Hetzendorf von Hohenberg, der Erbauer der Gloriette und des Obelisken und des Wiener Palais Pallavicini, das Theater umgestaltet – für Maria Theresia, die hier mit Begeisterung zusah, wenn ihre Kinder Theater spielten, tanzten, sangen und lebende Bilder darstellten. Haydn und Mozart haben hier dirigiert, und Napoleons Sohn, der Herzog von Reichsstadt, hat hier Corneilles und Racines Dramen rezitiert. Als Napoleon 1809 Wien besetzte und in Schönbrunn sein Hauptquartier aufschlug, ließ er Racines „Phaedra" in der Übersetzung Schillers aufführen. Castelli gab in diesem Theater mit seiner Dilettantengruppe 1813/14 Sonntagsvorstellungen, Franz I. holte Burgtheaterschauspieler ins Haus. Und während des Wiener Kongresses 1814/15 traten hier die Sänger des Kärntnertor-Theaters vor den versammelten Monarchen Europas auf, sangen „Johann von Paris" und „Aschenbrödl". 1873 saßen hier Kaiser Wilhelm I. und Fürst Bismarck in einer Festvorstellung, 1903 kam Kaiser Wilhelm II., 1905 König Alfons von Spanien. Und anläßlich Kaiser Franz Josephs 60jährigem Regierungsjubiläum stellten am 1. Dezember 1908 Erzherzöge, Prinzen und Prinzessinnen im Schloßtheater eine Huldigungsapotheose dar, für die Franz Josephs und Elisabeths Tochter Erzherzogin Marie Valerie einen selbst gedichteten Epilog sprach . . .

XII. Menschen und ihre Denkmäler

Wer heute von der Wien und vom Wiental spricht, denkt zuerst an die U-Bahnlinie 4, von der viele Wiener aus Gewohnheit noch immer als „der Stadtbahn" reden. Man denkt aber auch an Verwaltungspaläste, an Theater, mitunter an Schulen. Denkt auch an die großen Neubauten entlang des Hietzinger Kais und der Hadikgasse, an Hochhäuser, Bürogebäude, Industrieansiedlungen, denen viele der schönen alten Häuser weichen mußten. Hier, auf dem Areal zwischen dem 1912 errichteten Amtshaus und dem Lainzer Tiergarten, dem Jagdrevier des Kaisers, prägt die Architektur unserer Zeit mehr und mehr den Charakter des Wientals, wie etwa Harry Glücks, Thaddeus Spichalas und Henry Wrights Stahlbetonskelettbau der „Wiener Allianz". Industrieunternehmen und Autofirmen, wie Hinteregger, haben hier ihre Bürohäuser und Werkstätten; zwischen Biedermeiervillen sind moderne Terrassenwohnhäuser entstanden.

Eine Unzahl von Denkmälern, im Laufe von rund 100 Jahren und mehr errichtet, sorgt als steinerne und bronzene Ahnengalerie dafür, daß Künstler und Geistesheroen und ihre Leistungen auch kommenden Zeiten im Gedächtnis haften bleiben. Prunkvolle Monumente stehen ebenso an der Wien wie zierliche kleine Gedenksäulen oder Büsten. Etwa im Stadtpark, wo Schubert, Johann Strauß, Bruckner und Lehàr, die Maler Amerling, Schindler, Makart und Canon, Bürgermeister Zelinka, Pfarrer Kneipp, das Donauweibchen und die kämpfenden Riesen, die eine Quelle befreien, wie Akteure eines Theaters österreichischer Geistesgeschichte imponierende Posen einnehmen. Zwischen

Stadtpark und Karlsplatz thront Kaspar von Zumbuschs gewaltiger Beethoven hoch oben auf seinem Marmorsockel, jeder Zoll ein unwirscher Titan; Georg Raphael Donner, der sensibelste der österreichischen Bildhauer an der Wende vom Barock zum Klassizismus, drückt sich etwas verschämt ins Buschengrün am Schwarzenbergplatz, während Feldherr Karl Philipp Fürst zu Schwarzenberg auch städtebaulich zum Maßstab der Anlage des Schwarzenbergplatzes wurde: Der Architekt Heinrich von Ferstel mußte die Palais des Platzes, von den Prunkbauten für Erzherzog Ludwig Viktor und den Stahltürenhersteller Freiherrn von Wertheim bis zur Direktion der kaiserlichen Staatsbahnen, in Höhe und Fassade nach dem Schwarzenberg-Denkmal (1867) Ernst Julius Hähnels ausrichten. Auch die Erbauer der Prunkpaläste des Hauses der Industrie – Karl König – und des Hauses der Kaufmannschaft – Ernst von Gotthilf – orientierten sich noch daran, um die strenge Einheitlichkeit des Platzes zu gewährleisten. Das Haus der Industrie war nach dem Zweiten Weltkrieg Stätte historischer Entscheidungen. Hier war der Sitz der Alliierten Kommission für Österreich; hier wurde 1955 der Österreichische Staatsvertrag vorbereitet.

Am Karlsplatz selbst ist merkwürdigerweise kein monumentales Denkmal errichtet worden. Otto Wagners Brunnen und Stelen blieben Projekt. Stattdessen stehen, über den ganzen Platz verstreut, viele kleine Monumente – vor dem Künstlerhaus Statuen der großen Maler und Bildhauer, die der Zeit des Historismus Vorbild waren, von Raffael und Leonardo bis zu Rubens; rund um das Denkmal Ressels vor der Technischen Universität befindet sich eine ganze Galerie der Hermen der Architekten und technischen Konstrukteure: von Ferstel bis Madersperger; vor der Karlskirche wurde 1978 Henry Moores Bronzeskulptur „Hill Arches“ aufgestellt, ein Geschenk an die Stadt Wien; und Rudolf Weyrs prächtiges Monument Johannes Brahms' steht nur wenige Meter von Brahms' Wohnhaus, in dem der Komponist am 3. April 1897 gestorben ist. In nächster Umgebung des Brahms-Denkmals steht der rote Marmorbrunnen mit den Fröschen, der zum Gedenken Viktor Tilgners errichtet wurde, des Schöpfers des Mozart-Denkmals und jener prachtvollen Büsten Franz Josephs und Elisabeths, die Tilgner zum erklärten Lieblingsbildhauer des Kaiserpaares gemacht haben.

Im großen Bogen kann man diese Galerie der Erinnerungen weiterverfolgen: Alexander Girardi steht heute mitten auf einer grünen Insel, im Verkehrskarussell des Karlsplatzes, und vor der Secession ist Arthur Strassers feister römischer Feldherr Marc Anton mit seinem Löwengespann zu bewundern.

Stadtauswärts werden die Denkmäler seltener. Aber auch hier ist manches Kunstwerk zu entdecken, etwa die Statuette des nackten Mädchens, das mit der hohlen Hand Wasser aus einem Becken schöpft: Panholzers Jungbrunnen im Hadikpark an der Wien, nicht weit vom Hofpavillon Otto Wagners. Der Industrielle Franz Xaver Freiherr von Mayr hatte den Park der Stadt Wien geschenkt, mit dem Auftrag, diese müsse die Grünzone „dem Willen des Stifters gemäß für immerwährende Zeiten in gutem Zustand erhalten“.

Dominierendes Monument sind hier allerdings die Hietzinger Kaiseradler, die heute leider längst nicht mehr die originale „Kaiser-Franz-Josefs-Brücke“ des Otto-Wagner-Schülers Friedrich Ohmann von 1900 zieren, sondern auf der 1961 bis 1964 errichteten Brücke ein etwas deplaziertes Dasein führen.

Denkmäler halten Geschichte im Gedächtnis der Passanten fest. Aber nicht alle Großen, die hier an der Wien, manche ein Leben lang, manche nur vorübergehend, gewohnt und gearbeitet haben, sind verewigt. Viele harren noch dieser letzten Ehrung.

In der Gegend des Karlsplatzes wohnte zum Beispiel Karl Kraus. Von 1912 bis zu seinem Tod am 12. Juni 1934 residierte er in einem der elegantesten ,,Straßenhöfe" Wiens, in dem 1904 von Julius Goldschläger in der Lothringerstraße 4–8 errichteten palaisartigen Zinshaus. Hier entstanden die wesentlichsten Beiträge zur ,,Fackel" – sofern sie nicht im Café Herrenhof abgefaßt wurden – hier entstand auch das ,,einem Marstheater zugedachte" Hauptwerk ,,Die letzten Tage der Menschheit", in dem Kraus im selbstzerstörerischen Entmythisierungsprozeß das alte, brüchig-morsche ,,Kakanien" Alt-Österreich und seinen Nachfolgestaat Österreich geistig zu entlarven versucht hat. Eine noble Adresse, und die richtige Adresse, um in einem Drama wie den ,,Unüberwindlichen" die Porträts jener Spekulanten, Schieber, politischen Erpresser nach dem Ersten Weltkrieg zu zeichnen, die sich wohl auch in manchen der Nobelwohnungen seiner engsten Umgebung eingemietet hatten.

Ein anderer Spötter hat, lange vor Kraus, einmal an der Wien, genauer: an der Linken Wienzeile gewohnt, einer, der auch mit Worten zu ätzen wußte: Josef Anton Stranitzky, Hofzahnarzt, Weinhändler und Komödiant. Der Vater des Hans Wurst, der volkstümlichsten Figur der Altwiener Volksstücke und Stegreifkomödien, ein Meister derber Wortverdreherkunst. Er war 1706, dreißigjährig, nach Wien gekommen. Sein Hans Wurst erfreute sich bald solcher Beliebtheit und er verdiente mit ihm so gut, daß er 1709 bereits sein eigenes Theater am Kärntnertor beziehen konnte.

Viele Künstler mögen das Wohnen an der Wien, nahe Schönbrunn und Hütteldorf, als Annehmlichkeit empfunden haben. So Max Mell, der Dichter des ,,Apostel-Spiels" und des ,,Nachfolge-Christi-Spiels", der ,,Donauweibchen"-Erzählungen und der Dramen ,,Der Nibelungen Not" und ,,Jeanne d'Arc". Er wohnte von 1919 bis zu seinem Tod 1971 in der Auhofstraße 244, nahe der Wien. Ludwig Anzengruber, der Oberösterreicher, der auch in der Donaumetropole das bäuerliche Leben immer wieder als Problem seiner Dichtungen aufgriff, wohnte vom Juni 1885 bis knapp vor seinem Tod im Dezember 1889 im Haus Gyrowetzgasse 10.

Ludwig van Beethoven, einer der unentwegten Übersiedler, der rastlos von Domizil zu Domizil zog, wagte im 1795 erbauten ehemaligen Schreyschen Stiftungshaus, Hadikgasse 62, im Mai und Juni 1824 ein kurzes Wohnintermezzo. Der dänische Komponist Paul August von Klenau (gestorben 1946), ein Schüler des Brahms-Freundes Max Bruch, der u. a. Rilkes ,,Kornett" vertonte, fand in der Hadikgasse 120 sein Zuhause: er war in Wien zeitweise Kapellmeister und arbeitete an einer eigenen Technik der Zwölftonkomposition, die er Schönbergs Zwölftonlehre entgegenstellte. Franz Schmidt, führender Meister der nachromantischen Schule in Österreich, der an Brahms und Bruckner anknüpfte, war in der Hadikgasse 140 zu Hause. Schmidt wurde durch seine Opern ,,Notre Dame" und ,,Fredegundis", vor allem aber durch sein Oratorium ,,Das Buch mit den sieben Siegeln" und seine Symphonien bekannt.

Berühmtester Gast an der Wien, in der Hadikgasse 72, war Richard Wagner. 1862 bis 1864 war er wieder nach Wien gekommen und hätte sich eigentlich in der kleinen eleganten Villa mit dem reizvollen Turm sehr wohl fühlen können, wenn er sich nicht, wie so oft, in ein finanzielles Durcheinander verstrickt hätte, sodaß er sein Penzinger Domizil fluchtartig verlassen mußte. Darauf bezieht sich auch der Text der Gedenktafel des Hauses – ,,in der trübsten Zeit seines Lebens".

Was der Text verschweigt, ist der Erfolg, den Wagner in Wien hatte. Das Publikum feierte ihn nach den Philharmonischen Konzerten zum Jahreswechsel 1862/63 im Theater an der Wien enthusiastisch. Von der Leistung des Orchesters war er selbst so begeistert, daß er zu Josef Hellmesberger meinte, er habe „in solcher Vollendung seine Musik nie spielen hören und werde sie schwerlich auch je wieder in dieser Weise anderswo erleben". Es gab für Wagner Fackelzüge, Ständchen, Deputationen, Ehrenmitgliedsernennungen. Johannes Brahms, der 1862 nach Wien übersiedelt war und später im Musikleben der Kaiserstadt zu Wagners Antipoden wurde, hat ihn in Penzing besucht. Und Kaiserin Elisabeth, die beide Konzerte Wagners gehört hatte, sandte ihm eine Geldspende von 1000 Gulden und rettete ihn so aus ärgster Not.

In Penzing arbeitete Wagner vor allem an den „Meistersingern von Nürnberg", deren historische Grundlagen – Wagenseils Buch „Von der Meistersinger holdseligen Kunst" – er sich in der Hofbibliothek beschafft hatte. In Penzing entstanden jene Skizzen, wo im Personenverzeichnis zum dritten Entwurf der „Meistersinger"-Dichtung die Figur des alles bekrittelnden Merkers noch den Namen des berühmten Wiener Musikkritikers Eduard Hanslick trägt. Wien hatte Wagner nicht nur den Stoff, sondern auch eine der profiliertesten Figuren des Werks geliefert. Aber Wagner hatte sich auch seinen unversöhnlichsten Feind geschaffen: Hanslick war zutiefst beleidigt, als er bei einer Vorlesung Wagners aus dem „Meistersinger"-Text im November 1862 im Hause Dr. Josef Standhartners sich selbst in der tragischen Karikatur der Merker-Figur erkannte.

In der Weihnachtswoche 1863 gab Wagner im Redoutensaal der Hofburg wieder ein Konzert mit den Philharmonikern, bei dem auch schon Teile der neuen, in Penzing komponierten „Meistersinger"-Musik zu hören waren. Und wieder bereitete ihm das Wiener Publikum einen Triumph. Er bot dem Kärntnertortheater die Uraufführung der „Meistersinger" an, verfaßte, angeregt durch den Bau des neuen Opernhauses, seine programmatische Schrift über das Wiener Hofoperntheater, deren Gedanken beim Bau tatsächlich teilweise berücksichtigt wurden. Und flüchtig mochte man wohl sogar erwogen haben, ihn zum Nachfolger Gaetano Donizettis als Hofcompositeur zu bestellen.

Doch dann begann jene Tragödie, die damit endete, daß die Hofoper nach eineinhalb Jahren Vorbereitungszeit und angeblich 77 Proben Wagners „Tristan und Isolde" vor der Uraufführung absetzte. Es ist müßig weiterzudenken, was geworden wäre, wenn Wien das Werk uraufgeführt hätte. Wien hätte wohl das deutsche Musikdrama zu seiner eigenen Angelegenheit gemacht.

Wagner ging. Als er 1872 wiederkam, kämpfte er bereits für seine Bayreuther Festspiele.

Hätte man einen Wiener vom alten Schlag gefragt, ob das Wiental für diese Stadt typisch sei, hätte er einen zweifelnd angeschaut. Das Wiental wienerisch – ein absurder Gedanke. Der Naschmarkt und seine Fratschlerinnen, die alte Stadtbahn, deren rote Waggons gemütlich dahinratterten, die Miststierler, die den Abfall gewissenhaft untersuchten und Nützliches vom Unnützen schieden als wären sie Götter, die nachtwandelnden Damen, draußen beim Schwarzinger, und die „Häuselfrauen" auf dem Naschmarkt – sie alle gehörten zum Wiental und zu Wien. Wie die kleinen Cafés, in denen spätabend mancher ein letztes Asyl findet und andere, aus der Innenstadt kommend, unterwegs in die Nobelbezirke am Stadtrand, sich noch rasch einen Barack oder Sliwowitz als „Drüberstreuer in exotischem Milieu" gönnen. Oder wie vielleicht auch noch die monumentalen Kanäle und unterirdischen Galerien, die seit dem Film „Der dritte Mann" Weltberühmtheit erlangt haben, sodaß Touristen immer wieder nach Führungen durch Wiens Kanal-Unterwelt fragen.

Aber dieses in sein Betonbett gebändigte Gewässer, das man über lange Strecken nicht einmal zu Gesicht bekommt? Als Prachtstraße war das Wiental geplant; wie so vieles in Wien ist es ein Torso geblieben. Und selbst dort, wo planmäßig Prunkbauten wie Theaterkulissen die Wien entlang errichtet wurden, entstand kein Boulevard, denn da blickt man von den Straßentrassen hinunter ins Flußbett. Ein Paradoxon also. Ein echt wienerisches Paradoxon vielleicht.

Immer wieder hat das Wiental im Laufe der Jahrhunderte sein Gesicht verändert, immer wieder hat man ihm kosmetische Kuren verordnet, ja, ganze Teile in radikalen Eingriffen umgebaut. Provisorien entstanden und wurden zu Institutionen. Wie der Naschmarkt, der bis jetzt alle Projekte überlebt hat, die ihn an den Stadtrand, nein, ans End' der Welt, nach Inzersdorf, verbannen wollten. Die 147 Standln des Kleinmarkts und die Naschmarktkapelle bleiben bestehen. Zumindest fürs erste, und das heißt wohl bei der Leidenschaft der Wiener für Provisorien, für Jahrzehnte . . . Aber sonst ist im Wiental alles „im Fluß" und für echte Wiener Schwarzseher auch schon so gut wie alles „im Eimer" (was gerade am Naschmarkt seine Tradition hat; war es doch erste Bestimmung des Markts, daß die Milch in Eimern abgegeben wurde). Wird die Trasse einer neuen Stadtautobahn ins Flußbett der Wien gebaut, fragen sich seit Jahren die Anrainer. Und ist der erst vor kurzem neugestaltete Karlsplatz nicht doch ein Provisorium? Manche Wiener hoffen es zumindest!

In den letzten kleinen Plüschcafés und alten Läden wird das Licht abgedreht. Neonlicht und Musicboxen haben Einzug gehalten. Kalte Betonsilos wachsen überall empor. Aber Gebäude, die noch vor drei, vier Dezennien kein Mensch beachtet hat, werden jetzt von Kunstfreunden und Touristen bewundert. Sie entdecken dieses in Jahrhunderten gewachsene Wiental, bestaunen es. Als simultanes Stationentheater der Wiener Kulturgeschichte und der politischen Geschichte der Stadt.

1 Der Ursprung der Wien: das „Kaiserbründl" im Wienerwald bei Rekawinkel

2 Die regulierte Wien: Verteilungswerk und Staubecken

3 An Kaskaden des Barock und Rokoko erinnert die Stautreppenanlage, die die Geschwindigkeit der Wassermassen bremst

4 Wie Festungswälle trennen riesige Mauerwerke die einzelnen Staubecken der Wien

5 Ein Paradies für Fußballmatches und Räuber- und Gendarmenspiele:
Die Staubecken der Wien trocknen oft völlig aus und ähneln dann riesigen Festungshöfen

6 Idylle im ausgetrockneten Wienflußbett: Pensionist beim Sonnenbad

7 Die Autowäsche ist hier gratis

8 Vorbeidonnernde Schnellzüge der Westbahnlinie können die Schrebergärtner in ihrem Reich kaum stören

9 Das Wienflußbett als Erholungslandschaft

10 Industrielandschaft Oberes Wiental: Im 20. Jahrhundert siedelten sich hier Fabriken, Großunternehmen, Autofirmen und Versicherungsgesellschaften an

11 Das Wiental als Ausfallstraße und Verbindung zur Westautobahn: Reifenservice am Hietzinger Kai

12 Otto Wagners Jugendstil-Hofpavillon der Stadtbahn in Hietzing

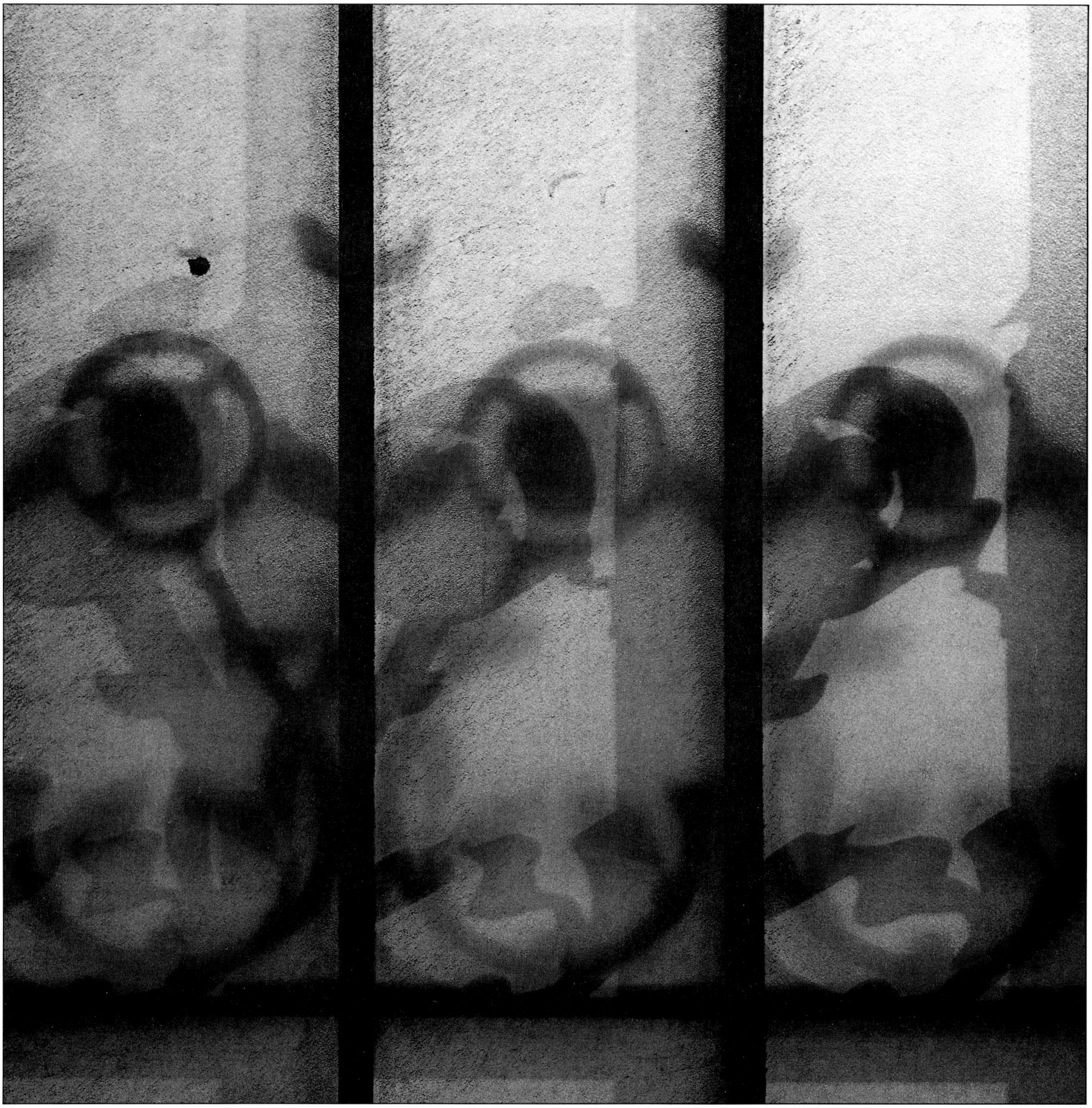

13 „Romantik" der Konstruktionen Wagners: Fensterdetail des Hofpavillons mit Eisenornamenten

14 Schönbrunn „von – bis“:
Sphinx auf der Schloßbrücke und Pyramide im Pflastersteindepot

15 Schönbrunns „Obersthofmeister“ von heute: der allmächtige Aufseher

16 Hauptportal im Ehrenhof des Schlosses

17 „Ansichtskarte“ aus Schönbrunn: Blumenparterre, Neptunbrunnen und Hohenbergs Gloriette

18 „Der Stolz der Reichshaupt- und Residenzstadt Wien“: das Kanalisationssystem, das gemeinsam mit den Wienflußregulierungsbauten angelegt wurde

19 Otto Wagners Stadtbahnstation Schönbrunn

20 Treffpunkt der Jugend heute: Modezar Karl Lagerfeld zeigt Modechic der achtziger Jahre in der Diskothek „U 4“ in Meidling

21 Treffpunkt der Jugend im vorigen Jahrhundert:
der berühmte Dianasaal im Hotel Schwarzinger, wo die prominentesten Wiener-Lieder-Sänger und Musikanten auftraten

22 Hinterhofromantik am Wienflußufer

23 Otto Wagners Wiental-Stadtbahnbrücke

24 Verkehr an der Wien: die Trasse der Stadtbahnlinie Heiligenstadt—Meidling; ein Zimmer im Hotel Schwarzinger, das „stundenweise“ vermietet wird

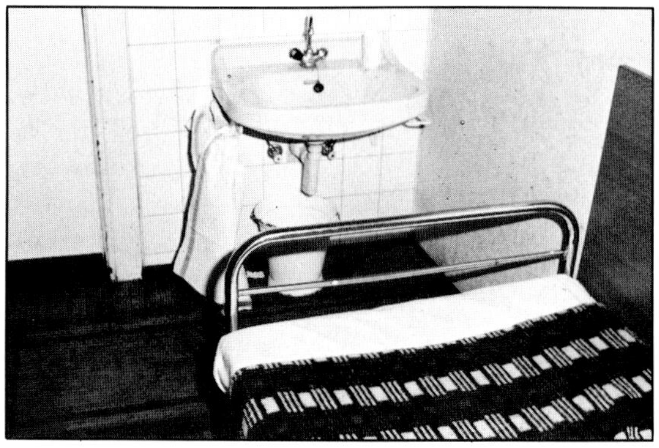

25 Die Trasse der U-Bahn-Linie 4 wird von „Silberpfeil“-Garnituren befahren

Das Wiental in Gemälden, Aquarellen und Grafiken von Franz Zadrazil

27 Ober St. Veit, Radierung, 1983

28 Ober St. Veit, Radierung, 1974

29 Italienischer Eissalon, Radierung, 1974

30 Gaudenzdorf II und III, Kaltnadel, 1983

31 Gaudenzdorf IV und V, Kaltnadel, 1983

32 Orchidee, Radierung, 1979

33 Gaudenzdorf 68, Aquarell, 1968

34 Rüdigerhof, Öl auf Novopan, 1977

35 Naschmarkt, Öl auf Novopan, 1973

36 „Radion", Farbradierung, 1983

37 Beim Porrhaus, Mischtechnik, 1983

Damen Herrn und Kinder
modewaren
AM PORRHAUS
ALLER ART
METALLMÖBEL
BETTWAREN

38 „Persil kann viel“, Farbradierung, 1983

39 Pilgramgasse, Öl auf Novopan, 1973

40 Berufsschule, Mischtechnik, 1983

41 Tröpferlbad, Radierung, 1983

42 Kettenbrückengasse, Bahnsteig, Radierung, 1973

43 Kettenbrückengasse, Stationsgebäude, Radierung, 1973

44 Naschmarkt, Radierung, 1977

45 Wienzeilenfassade, Radierung, 1977

46 „Karlsplatz“, Farbradierung, 1979

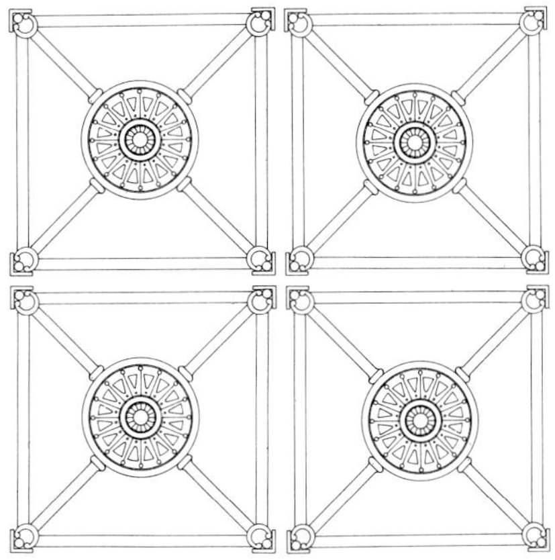

48 Feuerhauptwache Mariahilf

49 Steile Wände, Bogen und Biegungen gehören zu den typischen Gestaltungselementen der Wienflußregulierung

50 Wohnkultur an der Wien: Für das glasgedeckte Vestibül des 1899 erbauten Hauses Neuber schuf Rudolf Geyling ein Monumentalfenster „Allegorie der Pharmazie“

51 Die originelle Attika des Druck- und Verlagshauses „Vorwärts“, Rechte Wienzeile 97

52 Warenangebot auf dem Naschmarkt: Dinosaurier und Plastikgartenzwerge neben Obst und Gemüse

53 Kleinhandel vor der prunkvollen Kulisse der Wohnhäuser Otto Wagners

54 Naschmarktidyllen: Heimatgefühl im kleinen Café und auf der Straße

55 Zauber des Flohmarkts: Frühzeitiges Anstellen zur Platzvergabe, um das bunte Warenangebot möglichst gewinnträchtig an den Mann zu bringen

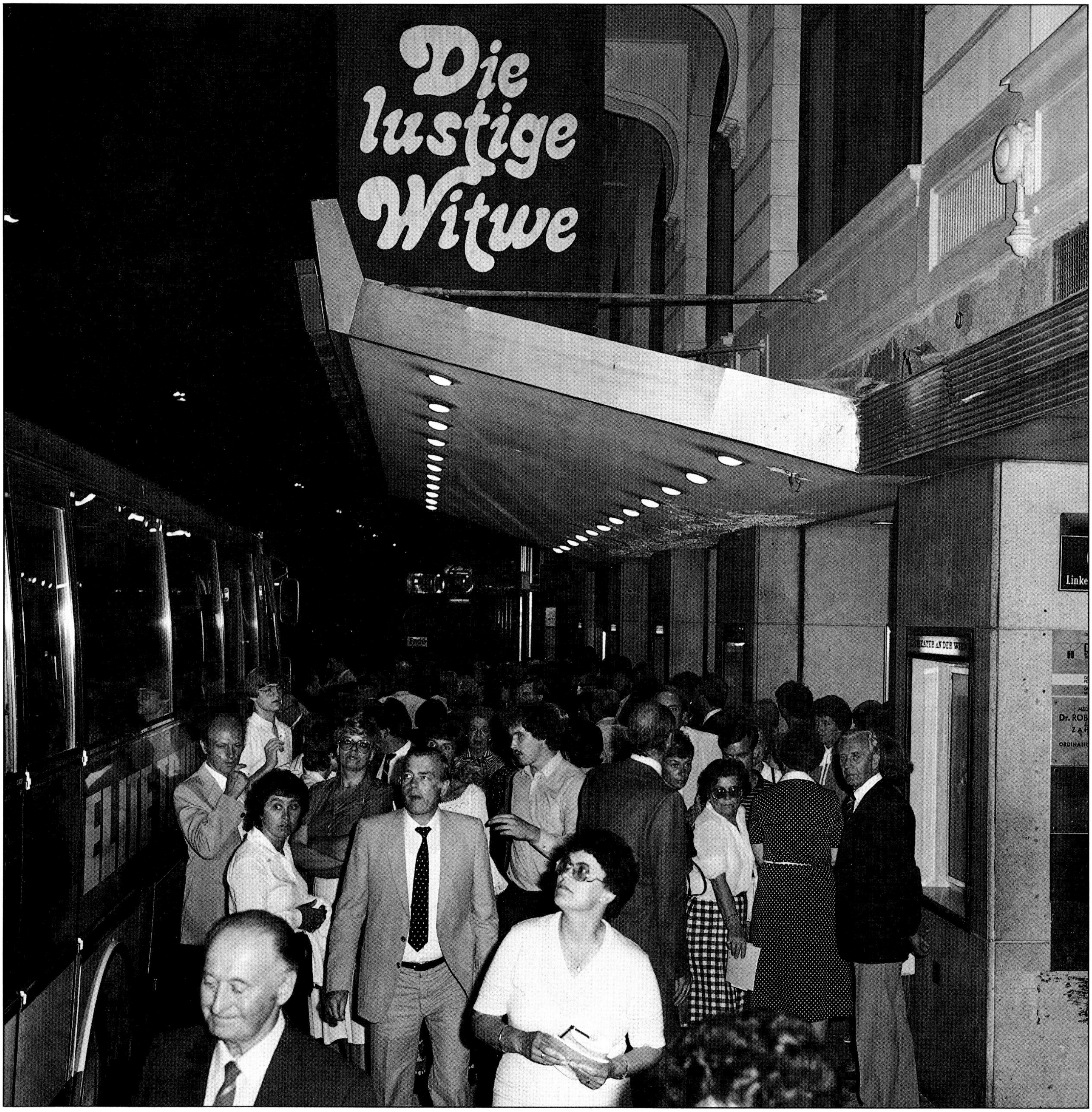

56 Touristenattraktion im Sommer: Franz Lehárs „Lustige Witwe“ im Theater an der Wien

57 Wientalfassaden auf Ansichtskarten:
Karlskirche, Verkehrsbüro, Otto Wagners Majolika-Haus, Secession, Konzerthaus und Musikverein

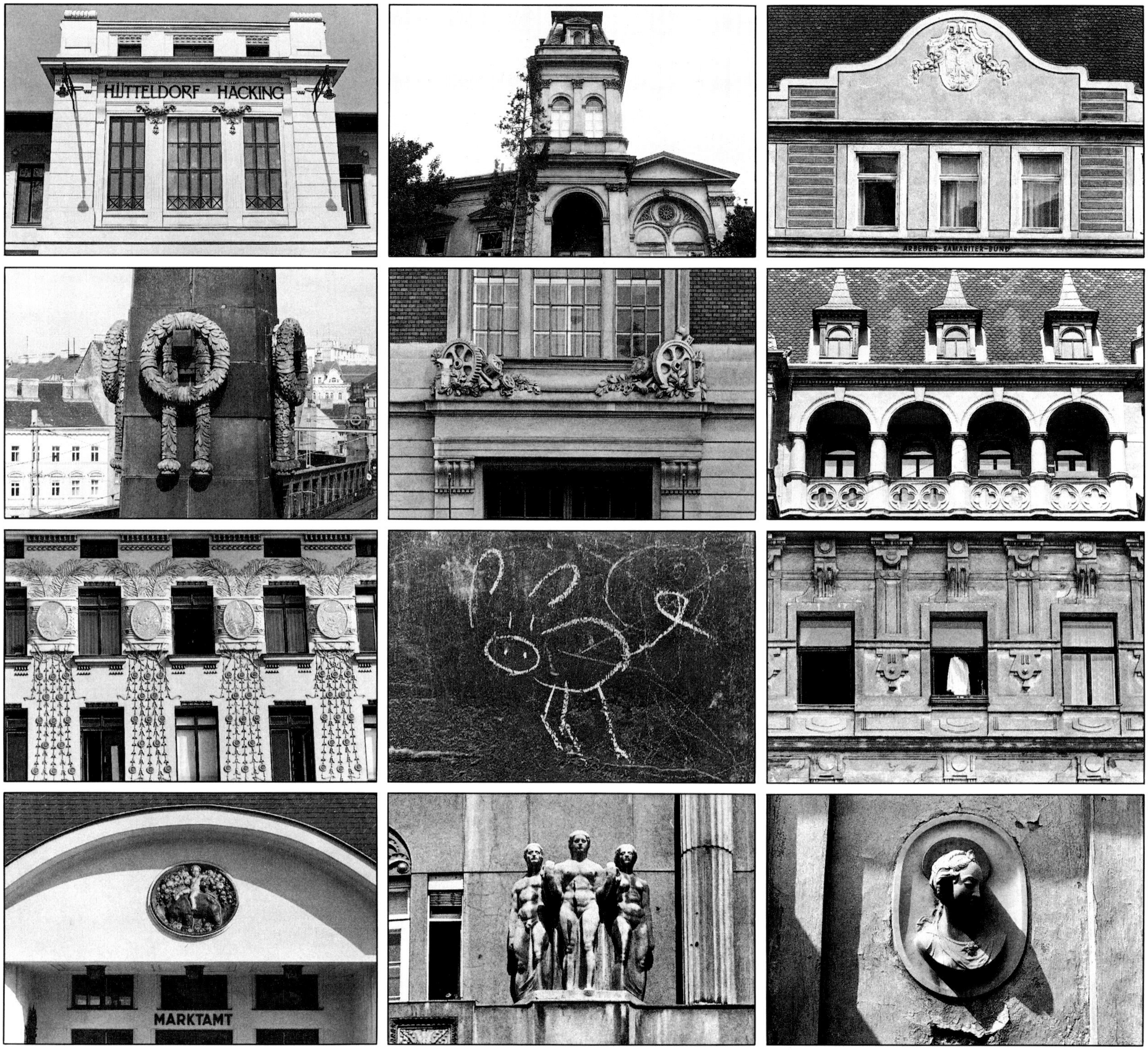

58 Architekturdetails an der Wien: Stationsgebäude Hütteldorf-Hacking; Richard-Wagner-Villa; Arbeiter-Samariterbund; Pylon der Otto-Wagner-Brücke; Werkstättenhaus; Wohnhaus; Otto-Wagner-Haus; spontaner „Sgraffito" 1983; Wohnhaus; Marktamt auf dem Naschmarkt; Hanak-Statuen, Linke Wienzeile 48–52; Naschmarktkapelle

59 Eine Kuppel, wie sie die Wiener nie gesehen hatten: das „Krauthapl“ der Secession von innen

60 Die Welt des „Dritten Manns“: Abgang in die Kanaltunnel

61 Kanalgänge an der Wienflußbiegung beim Karlsplatz, wo für Orson Welles' Film „Der dritte Mann" gedreht wurde

62 Altwiener Nostalgie und Weltstars an der Fotowand: Klavierzimmer der Firma Bösendorfer im Musikvereinsgebäude

63 Karyatidengalerie im Goldenen Saal des Musikvereins; Fassade des Musikvereinsgebäudes zwischen Otto Wagners Stadtbahnstationen und dem Künstlerhaus

64 Erinnerungsbild fürs Familienalbum bei Henry Moores „Hill Arches“-Monument auf dem Karlsplatz

65 Barocke Engel bewachen den Platz: Blick vom Dach der Karlskirche auf Handelsakademie, Künstlerhaus, Palais Lützow und Musikvereinsgebäude

66 Refugium für Sonnenanbeter: die Promenadeterrasse des Wienflußportals im Stadtpark

67 „Gib's eam" johlen die Zuschauer auf den Tribünen, wenn die Catcher auf der Heumarktbühne einander k. o. schlagen

68 Die Jahreszeiten im Stadtpark: „Der Frühling“ an der Wienflußpromenade

69 Inszenierte Machtdemonstration:
Feldmarschall Graf Radetzkys Standbild vor dem ehemaligen Kriegsministerium und Masken der Soldaten seiner Armee an der Fassade des Gebäudes

70 Monumentalität als Programm: Pavillon des Wienflußportals von Friedrich Ohmann vor dem Block des Hotels Intercontinental

71 Wienflußmündung und Donaukanal bei der Urania

72 So grau, schmutzig und träge das Wasser der Wien an der Mündung in den Donaukanal auch wirkt, schreckt es doch die Fischer nicht ab, ihrem Hobby zu allen Jahreszeiten nachzugehen

Fotos von Peter Dressler

Peter Dressler wurde 1942 in Kronstadt, Siebenbürgen, geboren. Studium der Malerei an der Akademie der bildenden Künste in Wien. Neben seiner Tätigkeit als Lehrbeauftragter an der Akademie widmet sich Peter Dressler hauptsächlich der künstlerischen Fotografie. Preisträger im Wettbewerb ,,Wien gesehen in der künstlerischen Fotografie", 1973. Zahlreiche Ausstellungen im In- und Ausland.

1 *Der Ursprung der Wien: das ,,Kaiserbrünndl" im Wienerwald bei Rekawinkel*

Die Quelle der Wien entspringt am Kaiserbrunngebirge in 620 Meter Seehöhe. Als Dürre Wien fließt der schmale, meist wasserarme Bach Wiens Stadtgrenze zu. Er wird von links vom Weidlingbach, Tullner Bach, Halter Bach und Rosenbach und von rechts vom Brentenbach, Wolfgrabenbach, Dambach, Baunzenbach, vom Rotwasser, vom Grünauer und Lainzer Bach gespeist. Der ursprünglich keltische Name läßt an schäumende Gischt und helle Farben denken, wenn man die Farbbezeichnung wörtlich nimmt. ,,Vindo heißt weiß, abonâ, abonnâ oder bonu heißt Fluß, Vindobona könnte einfach Weißer Fluß bedeuten (es gibt auch andere Übersetzungen, die jedoch nicht überzeugen). Durch diesen Weißen Fluß dringt Alpines in die Stadtmitte." (György Sebestyén)

2 *Die regulierte Wien: Verteilungswerk und Staubecken*

3 *An Kaskaden des Barock und Rokoko erinnert die Stautreppenanlage, die die Geschwindigkeit der Wassermassen bremst*

4 *Wie Festungswälle trennen riesige Mauerwerke die einzelnen Staubecken der Wien*

Da der Wienfluß einerseits zu Zeiten geringen Wasserstandes mehr einem Jauchegraben als einem Fluß glich, durch den alle Abfälle und Fäkalien dem Donaukanal zutrieben, und immer wieder Seuchen auslöste, andrerseits bei schweren Regenfällen und im Frühling zu einem reißenden Gewässer anschwoll, das die dichtbewohnten Häuserzeilen, die Färbereien, Gerbereien und Glasereien gefährdete, beschloß die Kommission für Verkehrsanlagen die Regulierung. Sie sollte zugleich mit dem Bau der Wientallinie der Stadtbahn in Angriff genommen werden. Die Gemeinde Wien übernahm dabei drei Fünftel der Kosten von insgesamt 5,4 Millionen Kronen, der Rest wurde zu gleichen Teilen vom Staat und vom Land Niederösterreich aufgebracht.
Die Regulierungsarbeiten begannen nach einem vom Wiener Stadtbauamt entworfenen Plan im Jahre 1894, unter Leitung des Stadtbaudirektors Franz Berger, und waren 1902 im wesentlichen beendet. Lediglich am Monument der Wienflußeinwölbung bei der Stadtbahnstation Stadtpark wurde bis 1906 gearbeitet. Die eigentliche Regulierung erstreckt sich von der Mündung der Wien in den Donaukanal etwa 17 Kilometer flußaufwärts und zerfällt in mehrere Abschnitte.
,,In der oberen Partie, zwischen der Reichsstraßenbrücke bei Weidlingau und der Haltestelle Hütteldorf-Bad der Westbahn, wurde am rechten Ufer des Wienflusses jene Reihe von sechs Staubecken geschaffen, welche im Vereine mit einem siebenten, in den Unterlauf des linksseitig zufließenden Mauerbaches eingeschalteten Becken die Aufgabe haben, beim Andrängen von Hochwasser vorübergehend so viel davon aufzunehmen, daß nicht mehr als etwa 4000 hl pro Sekunde sofort in die untere, diesem Abfluß völlig gewachsene Strecke abgehen", entnehmen wir einer Studie von 1913. ,,Die Staubecken (Reservoirs) sind zusammen 37 Hektar groß und fassen rund 16 Millionen Hektoliter. Da nun bei stärkstem Hochwasser der Wienfluß etwa 4800, der Mauerbach etwa 1300 Hektoliter Wasser führen – beide Gerinne zusammen 6100 Hektoliter – so fließen in solchem Falle 4000 Hektoliter sofort gegen Wien ab, während 2100 Hektoliter pro Sekunde (in der Stunde 7,56 Millionen Hektoliter) in die Becken gedrängt werden. Es bedarf also zweier Stunden, bis letztere gefüllt sind, während dieser Zeit hat aber, wie langjährige Erfahrung lehrt, die Flutwelle ihren höchsten Stand schon wieder verlassen. Die von oben kommenden Wassermassen fließen zunächst in ein Vorbecken, wo ein eiserner Rechen die etwa mitgerissenen Holzmassen auffängt und ein mit beweglichem ‚Abwehrfloß' versehenes Verteilungswerk bewirkt, daß ein Teil der Wassermassen rechts in ein Reservoir abfließt, während der Rest links in den gepflasterten neuen Durchstich (Umlaufgraben) gelangt, in welchen hier auch die, schon durch das Mauerbachreservoir reduzierten Wasser des Mauerbaches einfließen. Die Staubekken sind so angeordnet, daß der Wasserspiegel von einem zum anderen um 2 Meter fällt; unterhalb des letzten – bei der Station Hütteldorf-Bad – vereinigen sich die durch die Becken geführten Wasser wieder mit jenen des 1,3 Kilometer langen, unmittelbar längs der Westbahn geführten Umlaufgrabens, dessen ausgepflastertes Bett durch eine 8 Meter hohe, 2 Meter dicke Mauer von den Bassins getrennt wird."
Von der Hietzinger Brücke abwärts bis zum Stadtpark fließt der Wienfluß 6,8 Kilometer lang zwischen Ufermauern, die stark genug sind, eine Einwölbung zu tragen. Doch wurde diese Einwölbung nur teilweise – so beim Schönbrunner Schloß auf 100, bei der Kreuzung Gumpendorfer und Gaudenzdorfer Gürtel auf 350 und zwischen dem Ende des Naschmarkts und dem Wienflußportal im Stadtpark auf 1350 Meter – ausgeführt. Das überwölbte Wienbett ist 16 bis 21 Meter breit (Stadtbahntunnels 8,1 Meter) und 8,6 Meter hoch, sodaß der Wasserspiegel bei Hochwasser, wenn die maximale Wassermasse von 6000 Hektoliter pro Sekunde abfließt, noch 1,7 Meter unter dem Scheitel der Wölbung bleibt.
,,Vom Stadtpark, beziehungsweise dem Wieneinwölbungsmonument bis zur Mündung bleibt der Wienfluß offen; die Sohle ist hier betoniert, die Kaimauern sind im Stadtparkbereich – ausgenommen die erste linksseitige Strecke – in zwei Absätze gebrochen, zwischen welchen beiderseits eine 5 Meter breite, am linken Ufer zur Anlage einer Stadtparkpromenade benützte Terrasse verläuft." Ein ursprünglich vorhandenes Stauwehr unter der Stubenbrücke ermöglichte, das innerhalb des Stadtparks gelegene Wienflußstück im Winter als Eislaufplatz zu verwenden.

5, 6 *Die Staubecken der Wien trocknen oft völlig aus und ähneln riesigen Festungshöfen*

8 *Westbahnlinie*
Österreich hatte sich 1851 in einem Staatsvertrag mit Bayern verpflichtet, Bahnlinien von Salzburg nach Bruck an der Mur und von Passau und Salzburg nach Linz zu bauen, wobei fürs erste die Strecke Linz–Wien nicht in Betracht gezogen wurde, um der Donau-Dampfschiffahrts-Gesellschaft keine Konkurrenz zu machen. Wegen Engpässe im Finanzierungsbereich zog der Staat schließlich Privatkapital heran: Dem Großkaufmann Lindheim und dem österreichischen Generalkonsul in Hamburg, Merkl, wurden 1856 Konzessionen erteilt, die AG k. k. privilegierte Kaiserin-Elisabeth-Bahn zu errichten. 1858 wurde die Linie Wien–Linz eröffnet, deren Trasse im Bereich von Hütteldorf entlang der Wien geführt wurde.

10 *Industrielandschaft Oberes Wiental*

11 *Das Wiental als Ausfallstraße und Verbindung zur Westautobahn: Reifenservice am Hietzinger Kai*

Ursprünglich war der Flötzersteig für die Verlängerung der Westautobahn in die Stadt geplant; im politischen Streit um die Verbauung des Areals konzentrierte sich der Verkehr nach Westen aber immer mehr auf die Straßenzüge links und rechts der Wien, die schließlich 1966 an den Autobahnknoten Auhof, ein Teilstück der Autobahneinfahrt West, nahe den Staubecken der Wien, angeschlossen wurden.

12 *Otto Wagners Hofpavillon der Stadtbahn in Hietzing*

13 *„Romantik" der Konstruktionen Wagners: Fensterdetail des Hofpavillons mit Eisenornamenten*

1899 bis 1901 ließ Otto Wagner im Zuge des Stadtbahnbaus an der Westseite des Schönbrunner Schloßparks – und damit in nächster Umgebung des späteren Parkhotels, ursprünglich als Schönbrunner kaiserliches Gästehaus geplant – einen kuppelbekrönten, reichdekorierten „Wartesaal" errichten, der mit den Perrons der Stadtbahnstation Hietzing an der Kaiser-Franz-Joseph-Brücke verbunden war. Die elegante Innenausstattung mit einem Jugendstilplan Wiens wurde nach dem Zweiten Weltkrieg vollständig demoliert, das Gebäude diente ab 1965 als Bildhaueratelier, später als Bankfiliale und für verschiedene andere Zwecke. Auf seine stilgetreue Restaurierung wartet der phantasievoll-originelle Jugendstilbau heute ebenso wie auf eine neue Zweckbestimmung.

14, 15, 16, 17 *Schönbrunn*

Urkundlich nachweisbar stand auf dem Schönbrunner Areal seit dem 14. Jahrhundert die Kattermühle, die im 15. Jahrhundert vom Wiener Bürger Ehrenreich Khöppl zur Katterburg ausgebaut wurde. Nach den Verwüstungen der ersten Türkenbelagerung von 1529 erwarb Peter von Mollard den Besitz, nach ihm Kaiser Maximilian II., der die Anlage zu einem Jagdschlößchen mit Teichen umbauen ließ. 1605 steckten die Ungarn unter Stefan Bocskai das Gebäude in Brand. Kaiser Matthias baute es wieder auf und entdeckte auch die Quelle, den „Schönen Brunnen", der in Hinkunft dem Besitz den Namen gab. Schönbrunn diente danach vor allem als Witwensitz, so 1637 für Eleonore von Gonzaga, die zweite Frau Ferdinands II., und ab 1657 für Eleonora Maria von Mantua, die Witwe Ferdinands III.

Nach dem Türkensturm von 1683 entschloß sich Kaiser Leopold I., das zur Ruine verwüstete Gebäude für seinen Sohn, den späteren Kaiser Joseph I., als Sommerresidenz ausbauen zu lassen. Johann Bernhard Fischer von Erlach (1656 bis 1723), gebürtiger Grazer und Schüler Berninis in Rom, legte dafür 1692/93 seinen ersten Entwurf vor: das gewaltige Schloß, das Versailles weit übertreffen sollte, war auf der Höhe der Gloriette geplant; der Berghang sollte in fünf Terrassen abgestuft werden, über die man vom unteren Ehrenhof zum obersten Plateau, einem runden Platz mit riesigem Bassin, gelangte, dem eigentlichen Schloßhof, um den sich die Gebäude im Halbrund schlossen.

Fischers theatralisch-kühner Entwurf erwies sich als zu aufwendig, zu gigantoman. Doch auch der Bau, den er von 1694 bis 1700 im Rohbau errichtete und 1713 an den Seitenflügeln bis zur Dachgleiche vollendet hatte, war noch groß genug. Wie dieser Bau wirkte, können wir heute nur noch aus Stichen ermessen, denn spätere Umgestaltungen ließen kaum mehr als den äußeren Umriß übrig: der langgestreckte Palast mit zweimal abgetreppten Seitenflügeln trug über dem Mittelrisalit ein offenes Belvedere, auf dem eine Reiterstatue Josephs I. stehen sollte. Aber Joseph starb 1711 nach kurzer Regierung.

Erst 1744 weckte Maria Theresia Schönbrunn aus seinem Dornröschenschlaf. Nicolo Pacassi baute den Mittelrisalit entsprechend dem Zeitgeschmack um, der keine Triumphstandbilder und auch keine barokken Apotheosen vertrug. Ein Zwischengeschoß wurde eingezogen, das Fischers Monumentalbau kleiner, leichter und zierlicher machte. Die Pfeilerhalle wurde eingebaut, die Fassade durch Balkone und Freitreppe dynamischer gestaltet. An der Stelle des riesigen Mittelsaals, den Fischer von Erlach geschaffen und Rottmayr mit Wand- und Deckengemälden ausgestattet hatte, schuf Pacassi 1760 zwei parallele Galerien, die durch offene Arkaden miteinander in Verbindung stehen. Der Mode entsprechend wurden die Wände nun in Weiß und Gold dekoriert. Der künstlerische Akzent liegt auf den Deckenfresken Gregorio Guglielmis, die vor allem durch die realistischen Soldatenszenen mit füsilierenden Kolonnen und feldmäßigen Schwadronen zu Urbildern der Soldatenmalerei des 19. Jahrhunderts wurden.

Die Wohnräume wurden größtenteils zwischen 1760 und 1780 neu ausgestattet und gehören zu den feinsten Innendekorationsarbeiten des Rokoko. Paradebeispiel ist das sogenannte Feketinzimmer, das mit exotischen Edelhölzern vertäfelt ist, über die ein Gespinst von vergoldeten Rocailles gestreut ist. Die Wandfelder bestehen abwechselnd aus symmetrisch und unsymmetrisch angeordneten Rocailles. Die Panneaux, die von ihnen gebildet werden, sind mit Serien bedeutender indisch-persischer Miniaturen des 17. und 18. Jahrhunderts versehen.

Unter Maria Theresia entstanden die meisten der luxuriösen Rokokoeinrichtungen, die Neugestaltung der Schloßkapelle und der Bau des Schloßtheaters (1747); die meisten der klassizistischen Neugestaltungen in Schloß und Park fanden unter ihrem Sohn Josef II. statt, der 1765, nach dem Tod Kaiser Franz' I. Stephan, von Maria Theresia zum Mitregenten erhoben wurde und selbst im Westtrakt von Schönbrunn wohnte. Hier feierte Maria Theresia die Hochzeit Josefs mit Isabella von Parma. Josef gab prachtvolle Feste. Er nahm aber auch Einfluß auf die Ausgestaltung des Parks durch Johann Ferdinand Hetzendorf von Hohenberg, der 1775 die Gloriette, 1777 den Obelisken, 1778 die Römische Ruine und 1780 den Neptunbrunnen als Abschluß des Großen Parterres errichtete (Figuren des Neptunbrunnens von Franz Anton von Zauner); Hohenberg ließ auch von einigen der berühmtesten Wiener Bildhauer – Wilhelm Beyer, Jakob Schletterer, Johann Hagenauer, Martin Fischer u. a. – Brunnenfiguren und allegorische Statuen für den Park anfertigen und baute 1767 das Schloßtheater um.

Als nach Josefs Tod Kaiser Leopold II., sein Bruder und Großherzog der Toscana, als Römischer Kaiser nach Wien übersiedelte, brachte er viele seiner Kunstschätze mit, die in Schönbrunn aufgestellt wurden. Kaiser Franz I. ließ die Fassade des Schlosses von Johann Aman dem Zeitgeschmack anpassen und plante gemeinsam mit seinem Bruder Erzherzog Johann Umgestaltungen in den Gärten.

Im Dezember 1805 und im Oktober 1809 wohnte hier Kaiser Napoleon; am 14. Oktober 1809 wurde der Friede von Schönbrunn unterzeichnet. Und während des Wiener Kongresses, der Österreich wieder eine Vormachtstellung in Europa gab, war Schönbrunn Hauptveranstaltungsort glanzvoller Festlichkeiten. Bis dahin nur Sommerquartier, wurde das Schloß nun zur Residenz der österreichischen Kaiser. 1830 wurde Kaiser Franz Joseph in Schönbrunn geboren, hier ist er 1916 gestorben. Unter seiner Regierungszeit entstand das Palmenhaus, das zu den prächtigsten und größten Gewächshäusern der Welt zählt. Kaiser Karl unterschrieb 1918 in Schönbrunn seinen Regierungsverzicht.

Nach dem Zweiten Weltkrieg war das Schloß 1945 bis 1948 das Wiener Hauptquartier der sowjetrussischen, dann der britischen Besatzungstruppen. 1955 fand hier das Festbankett anläßlich der Unterzeichnung des Österreichischen Staatsvertrages statt.

18 *„Der Stolz der Reichshaupt- und Residenzstadt Wien": das Kanalisationssystem, das gemeinsam mit den Wienflußregulierungsbauten angelegt wurde*

Seit 1389 hatte man in Wien „Mörungen" angelegt, die für die Abfuhr des Schmutzwassers sorgten, und bereits 1706 besaß die Innere Stadt ein gut entwickeltes, zum Donaukanal entwässertes Netz von Straßenkanälen; von da an wurden nicht nur die neuentstandenen Häuser gleich mit Hauskanälen versehen, sondern die Regierung konnte auch die Besitzer der älteren Häuser auffordern, die Senkgruben durch Hauskanäle zu ersetzen. Auch in den Vorstädten wurde seit der Verordnung Kaiserin Maria Theresias vom Jahre 1753 der Kanalbau gefördert, und 1830 verfügte die Innere Stadt über 20 und die Vorstädte über 90 Kilometer Kanäle. Von 8037 Häusern, in denen 317.768 Menschen wohnten, waren 6870 an die Straßenkanäle angeschlossen, während in 1082 noch Senkgruben bestanden. Von den mit Hauskanälen versehenen 6870 Häusern waren 2408 direkt oder durch Straßenkanäle an den Donaukanal, 2423 an den Wienfluß und seine beiden Mühlbäche, 1080 an den in den Wienfluß mündenden Ottakringer Bach, 656 an den Alser Bach und die übrigen an kleinere Bäche angeschlossen.

Besonders an dem zumeist wenig Wasser führenden Wienfluß, in den die meisten Kanäle offen mündeten, entstanden – wie Zeitdokumente belegen – „unerträgliche Zustände". Als auf die große Überschwemmung vom 28. Februar 1830 die erste Choleraepidemie in Wien folgte, wurden noch im Herbst des Jahres der Bau des 4,8 Kilometer langen Sammelkanals am rechten Wienufer sowie die Einwölbung des Ottakringer und Alser Baches angeordnet. In den Jahren 1848 bis 1850 folgte die Einwölbung der kleineren Bäche, und Wien war mit dem Bau der Sammelkanäle selbst Paris und London weit voraus, wo die gleichen Arbeiten erst 1855 beziehungsweise 1858 in Angriff genommen wurden.

Radikal modernisiert wurde das Kanalisationswesen, seit es Anfang der siebziger Jahre dem späteren Stadtbaudirektor Berger unterstellt wurde.

Reinhard E. Petermann stellt 1913 in seiner Analyse der städtischen Einrichtungen der Kaiserstadt fest, daß das Hauptübel dennoch bis 1890 bestehen blieb: denn das Ableitungsnetz mündete an 49 Stellen in den Donaukanal, wo die Effluvien zwar eine 360fache Verdünnung erfuhren, aber immerhin in Zeiten niedrigen Wasserstandes das Wasser des Donaukanals arg verunreinigten. Deshalb entstand 1881 ein Plan zur Anlage eines Hauptsammelkanals am rechten Donaukanalufer, der jedoch erst verwirklicht werden konnte, nachdem die Vororte Wiens der Stadt per Dekret vom 19. Dezember 1890 einverleibt worden waren. Zwischen 1891 und 1903 wurde schließlich für Kanalisationsbauten die enorme Summe von rund 33 Millionen Kronen ausgegeben. Das Kanalnetz wurde aber nicht nur verlängert, sondern auch qualitativ verbessert: Die Sohlen der Betonkanäle wurden mit Steinzeugklinkern und dann mit Steinzeugsohlenschalen ausgekleidet, und zur Spülung der Kanäle wurden 37 betonierte Spülkammern gebaut, während in den Quellgebieten der überwölbten Bäche, zum Beispiel bei Neuwaldegg und oberhalb Grinzings, große Spülteiche angelegt wurden. Die Hauptaufgabe war der Bau zweier großer Sammelkanäle entlang der Ufer des Donaukanals, die zwischen 1893 und 1904, parallel zum Bau der Donaukanallinie der Stadtbahn, gebaut wurden. Der rechte Sammelkanal hatte die Abwässer des rund 140 Quadratkilometer großen, zur Zeit der Fertigstellung von 1,5 Millionen Menschen bewohnten Stadtteils zwischen Simmering und Döbling aufzunehmen. 1580 Liter flossen damals pro Sekunde bei Trockenwetter ab, doch war der Sammelkanal von Anfang an so dimensioniert, daß er auch der Weltstadt Wien genügen sollte, deren Größe von 1950 vor dem Ersten Weltkrieg mit mindestens 4 Millionen Einwohnern angenommen wurde.

19 *Otto Wagners Stadtbahnstation Schönbrunn (siehe Nummer 23 bis 25)*

20 *Diskothek „U 4" in Meidling*

An der Lobkowitzbrücke wurde in den siebziger Jahren Otto Wagners Stadtbahnstation Meidling-Hauptstraße demoliert; dort entstand ein neuer Verkehrsknotenpunkt für die U-Bahn-Linie 4 und für verschiedene Straßenbahn- und Autobuslinien sowie das sogenannte „U 4"-Garagen- und Kaufhauszentrum. Im „U 4" besteht seit Anfang der achtziger Jahre aber auch eine der populärsten Diskotheken Wiens.

21 *Treffpunkt der Jugend im vorigen Jahrhundert: der „Dianasaal" im Hotel Schwarzinger, wo die prominentesten Wiener-Lieder-Sänger und Musikanten auftraten*

Der architektonisch reizvolle, heute fast vergessene Saal mit seinen Gußeisenpfeilern und den Monumentalgemälden Kaiser Franz Josephs und der Kaiserin Elisabeth war einst das Lieblingslokal der Gaudenzdorfer, Gumpendorfer und Meidlinger. Hier traten die beliebtesten Volkssänger auf. Heute steht der Saal leer, dient fallweise als Abstellraum oder als Durchgang zu Hotelzimmern.

23, 24, 25 *Otto Wagners Wiental-Stadtbahnbrücke, Trasse der Stadtbahnlinie Heiligenstadt–Meidling,*
Trasse der U-Bahn-Linie 4

Bereits 1852 wurde ein Stadtbahnprojekt für Wien diskutiert, das von der Wiener Bau-Gesellschaft und vom Wiener Bank-Verein als „Wiener Stadteisenbahn" realisiert werden sollte. 1857, in der Zeit der Stadterweiterung und des rapiden Wirtschaftsaufschwungs, wurde einem Engländer eine Konzession erteilt. Als er nicht die nötigen Mittel zum Bau aufbringen konnte und auch die Pläne anderer Interessenten an den hohen Kosten scheiterten, übernahm die Kommission für Verkehrsanlagen die Planung. 1873 war auf dem Areal des alten Linienwalls der Gürtel eröffnet worden, das Problem der Bahnverbindung zwischen den rasch wachsenden Teilen Wiens wurde akut. Es entstanden Vorschläge für eine „Stadtbahn", eine „Gürteleisenbahn", eine „Metropolitanbahn", wobei die militärischen Stellen den stärksten Einfluß geltend machten. Brauchten sie doch für den Fall einer Revolution wie 1848 Bahnanlagen, die rasche Truppenverschiebungen zwischen den großen Kasernen ermöglichten und überdies alle Wiener Bahnhöfe verbanden. Ende der siebziger Jahre kamen dazu Pläne für eine „Tunnelbahn".

Nach Jahren sinnlosen Tauziehens nahm das Projekt 1881 im Stadtbauamt Gestalt an. Ein Gesetz vom 18. Juli 1892 sanktionierte die Ausführung der Bahn, die ein ganzes Netz von Haupt- und Lokalbahnlinien umfassen sollte: Zu den Hauptbahnen zählte man die Gürtellinie, die – nie ausgeführte – Donaustadtlinie, die vom Praterstern durch die Donaustadt am rechten Donauufer nach Nußdorf führten sollte, sowie die Vorortelinie von Penzing nach Heiligenstadt; zu den Lokalbahnen zählten die Wientallinie vom Westbahnhof über Gumpendorf zur Elisabethbrücke beim Karlsplatz und zum Hauptzollamt, die Donaukanallinie vom Hauptzollamt bis zum Franz-Josefs-Bahnhof sowie eine innere Ringlinie von der Elisabethbrücke entlang der „Zweier Linie" zum Schottenring und zum Kaiserbad.

Der Plan wurde nur teilweise ausgeführt. Die Ausführung wurde den k. k. Staatsbahnen übertragen und eine eigene Sektion unter dem Baudirektor Bischof von Klamstein errichtet, die bereits 1894 mit den Vorarbeiten begann. Die architektonische Planung wie die künstlerische Gestaltung wurden Otto Wagner übertragen. In Etappen entstanden zwischen 1895 und 1898 nach seinen Konstruktionsideen die Brükken der Gürtellinie, zwischen 1896 und 1898 jene der Wientallinie, 1900 und 1901 jene der Donaukanallinie. In ihrer strengen Schönheit und der Verbindung von industriell vorfabrizierten Teilen und künstlerisch gestalteten Elementen sind diese

Brücken längst in die Geschichte der modernen Architektur eingegangen. Das Hauptwerk ist die 100 Meter lange Wientalbrückenkonstruktion, die die Station Gumpendorfer Straße mit den Meidlinger Viadukten verbindet.
Ab 1894 begann Wagner auch mit der Planung der Haltestellengebäude der Stadtbahn und entwickelte sowohl für die Donaukanal- und Wientallinie als auch für die Hochbahnanlage des Gürtels Gebäudetypen von unverwechselbarem Charakter: Funktionsgerechtheit, weltstädtische Großzügigkeit und künstlerisch perfekt durchgestaltete Formen wirkten beispielhaft zusammen. Otto Wagner hat Wiens Baudenken damit erneut die Wendung ins Weltstädtische gegeben. Gebäude, Bahntrassen und Brücken ergeben eine Einheit. Die Stadtbahn wurde zum Paradebeispiel für Wagners moderne Ästhetik der Konstruktion und für sein Form- und Materialempfinden.
Am 9. Mai 1898 wurde auf der Wiental- und Gürtellinie der Dampfstadtbahnbetrieb eröffnet, im Juni 1898 folgte die Vorortelinie, in den Jahren bis 1901 wurden alle übrigen Streckenteilstücke vollendet.
1923 übernahm die Gemeinde Wien die Stadtbahn von der Kommission für Verkehrsanlagen und führte die Elektrifizierung durch. 1925 wurde auf den Stadtbahnlinien der Schnellbahnbetrieb aufgenommen, die Vorortelinie blieb für den Güterzugverkehr der Bundesbahnen reserviert.
1968 beschloß der Gemeinderat, die Wiental- und Donaukanallinie der Stadtbahn in das Projekt des U-Bahn-Betriebs einzubeziehen und an die neu gebauten Linien U 1 und U 2 und an die im Planungsstadium befindliche U 3 anzuschließen. Anstelle der roten Stadtbahngarnituren verkehren auf den Linien Leichtmetallwaggons, die sogenannten Silberpfeile.

Das Wiental in Gemälden, Aquarellen und Graphiken von Franz Zadrazil

Franz Zadrazil wurde 1942 in Wien geboren. Während der Mittelschulzeit, die er mit der Matura abschloß, lernte er bei Professor Ernst Höffinger zeichnen. Zwischen 1961 und 1979 arbeitete er als Postangestellter im Kassendienst, später im Nachtdienst am Franz-Josephs-Bahnhof. Als er sich 1966 für ein Jahr nach Kreta zurückzieht, beginnt er intensiv zu zeichnen und zu malen. Erste (Wiener) Naturzeichnungen entstehen, Stadtlandschaften werden expressiv – und schief – aufs Papier gestrichelt. 1968 bis 1972 studiert er an der Wiener Akademie der bildenden Künste in der Meisterklasse Professor Rudolf Hausners, der ihn den Reiz altmeisterlich solider Maltechniken entdecken läßt. 1969 entsteht sein erstes „Fassadenbild" – er hat ein Thema gefunden, das ihn nicht mehr loslassen wird.
1971 wird er Gründungsmitglied der Gruppe Zötus, dann des „Kreis", dessen Präsident er 1978 wird. 1973 entsteht die erste Radierung. Mit dem Fotografen Peter Dressler arbeitete er 1975 bis 1977 an einem Film über Wien. Beide entdeckten verwandte Momente, ähnliche Ideen in Malerei und Fotografie: die Idee, gemeinsam an einem Buch zu arbeiten, wird geboren. Franz Zadrazil kann auf eine stattliche Zahl von Ausstellungen zurückblicken: u. a. in Wien, Rom, Florenz, Salzburg, Innsbruck; er hat sich an ein paar Dutzend internationaler Ausstellungen beteiligt und erhielt immer wieder Preise – der Wiener Akademie, die Fügermedaille, den Theodor-Körner-Preis, 1. Preise in den Wettbewerben „Das Wiener Stadtbild" und „Image Linz".
„Zadrazil sucht in den Städten immer nach dem alten", schreibt Harald Sterk. „Der üppige Zierrat von Gründerzeithäusern, die elegisch geschwungene Ornamentik von Jugendstilbauten – etwa der Wiener Stadtbahnstationen –, die Skurrilität auf alten Reklameschildern an verwitterten Geschäftsportalen beschäftigen seine Phantasie, reizen den Maler in ihm, alles das, was in alten Städten Atmosphäre schafft, die man in den nüchtern-sachlichen Vorstädten oft vermißt, ‚der kleine Wahnsinn', wie Zadrazil diese an Groteskem reichen, schmückenden Zutaten bezeichnet. Sein Blick entzündet sich dabei am Schäbigen, an Dingen mit Patina, an den Häusern, die Teile ihrer Haut abzustoßen beginnen, von deren Fassaden der Verputz blättert, in deren Mauerwerk es bröckelt, wo sich ‚etwas abspielt'." Und doch sind es keine Dokumentaraufnahmen. Zadrazil nimmt sich in seinen Bildern gegenüber der Wirklichkeit Freiheiten heraus. Vorgefundenes ist für ihn Material, mit dem er seine Phantasie nährt, Material, das seine Phantasie zu Kapriolen reizt. Was immer von Zadrazil gemalt wird, wird verwandelt, im Sinne des Malerischen.

27 *Ober St. Veit, Radierung, 1983*

28 *Ober St. Veit, Radierung, 1974*

29 *Italienischer Eissalon, Radierung, 1974*

30 *Gaudenzdorf II und III, Kaltnadel, 1983*

31 *Gaudenzdorf IV und V, Kaltnadel, 1983*

32 *Orchidee, Radierung, 1979*

33 *Gaudenzdorf 68, Aquarell, 1968*

34 *Rüdigerhof, Öl auf Novopan, 1977*

35 *Naschmarkt, Öl auf Novopan, 1973*

36 *„Radion", Farbradierung, 1983*

37 *Beim Porrhaus, Mischtechnik (Gouache, Aquarell auf Papier), 1983*

38 *„Persil kann viel", Farbradierung, 1983*

39 *Pilgramgasse, Öl auf Novopan, 1973*

40 *Berufsschule, Mischtechnik (Gouache, Aquarell), 1983*

41 *Tröpferlbad (mit Rohrpostdampfmaschine), Radierung, 1983*

42 *Kettenbrückengasse, Bahnsteig, Radierung, 1973*

43 *Kettenbrückengasse, Stationsgebäude, Radierung, 1973*

44 *Naschmarkt, Radierung, 1977*

45 *Wienzeilenfassade, Radierung, 1977*

46 *„Karlsplatz", Farbradierung, 1979*

Fotos von Peter Dressler

48 *Feuerhauptwache Mariahilf*

Wo einst das Gumpendorfer Schlachthaus stand, wurde 1912 bis 1914 die Feuerhauptwache Mariahilf erbaut. Das einem romantischen Schloß ähnliche Bauwerk bildet den monumentalen Abschluß der Häuserzeile der Linken Wienzeile vor dem Gürtel.

49 *Steile Wände, Bogen und Biegungen gehören zu den typischen Gestaltungselementen der Wienflußregulierung*

50 *Wohnkultur an der Wien: Für das glasgedeckte Vestibül des 1899 erbauten Hauses Neuber schuf Rudolf Geyling das Monumentalfenster „Allegorie der Pharmazie"*

Ludwig Tischler erbaute das Wohnhaus in Formen der italienischen Renaissance und gab ihm eine reichgegliederte palaisähnliche Fassade mit Pilastern, Nischen und loggienartigen Erkern. Ein Beispiel feinster großbürgerlicher Wohnkultur.

51 *Die originelle Attika des Druck- und Verlagshauses „Vorwärts", Rechte Wienzeile 97*

Otto-Wagner-Schüler Hubert Geßner und sein Bruder Franz bauten 1909 das Druckerei- und Verlagsgebäude „Vorwärts", wo heute noch die „Arbeiter-Zeitung" erscheint. Wie die meisten Geßner-Bauten fällt auch dieses Gebäude durch die Monumentalität seiner Fassade, aber auch durch die starke Differenzierung der einzelnen Etagen je nach ihrer Funktion auf. Das hohe, durch seinen Treppengiebel besonders originelle Attikageschoß ist von Figuren Anton Hanaks flankiert und trägt eine dekorative Uhr. Das „Vorwärts"-Haus zählt zu den bedeutendsten Vorläufern der Wiener Gemeindebauarchitektur, an der die Brüder Geßner entscheidenden Anteil hatten.

52 *Warenangebot auf dem Naschmarkt*

Früher hieß der Naschmarkt Aschenmarkt, abgeleitet von „Asch", was Milcheimer bedeutet; beide Namen sind volkstümliche Bezeichnungen für den Obst- und Grünwarenmarkt, der einst vor dem Freihaus angesiedelt war, 1916 aber auf das von Architekt Jäckel gestaltete Areal zwischen der Linken und der Rechten Wienzeile übersiedelte, wo der Wienfluß überwölbt ist.
Die Anfänge des Naschmarkts kann man um 1600 annehmen. Jakob Hufnagls Panorama von Wien im Jahre 1609 zeigt vor der Einmündung der Kärntner Straße in den unbebauten Platz am Wienufer einen Markt. 1647 kamen diese Grundstücke jenseits der Wien in den Besitz des Konrad von Starhemberg, der auf dem Boden, wo einst das legendäre Heiligen-Geist-Spital stand, das älteste Freihaus errichtete, so benannt wegen seiner Steuerfreiheit. Noch 1908 bedeckte es ein Areal von 25.070 Quadratmetern und hatte 340 Wohnungen. Verständlich, daß das Freihaus für Marktleute geradezu zur Herausforderung wurde, ja daß viele „Standler" selbst hier Wohnungen bezogen.
1774 wird der Naschmarkt vor dem Freihaus vorwiegend als Milchmarkt erwähnt. „Bratelbrater" zogen zu, „Knödelhütten" wurden errichtet. Als das Freihaus 1786 bis 1790 renoviert und der erste Mühlbach des Wienflusses reguliert wurde, ebnete man den Marktplatz ein. 1793 wurde angeordnet, in Hinkunft auf Wagen nach Wien gebrachtes Obst und Gemüse ausschließlich auf dem Naschmarkt zu verkaufen, die auf Donauschiffen angelieferten Waren hingegen auf dem Schanzel am Donaukanal. Ab 1819 ist der Naschmarkt Wiens wichtigster Approvisionierungsmarkt, dessen Verkaufsstände teuer verkauft werden.
Seit 1859 wurde immer wieder der Plan erörtert, eine riesige Markthalle nach Pariser Vorbild zu bauen. So schlägt der k. k. Baurat Eugen Fassbender in seiner „Studie zur Regulierung des Stadtteiles Freihaus – Naschmarkt in Wien" eine Variante vor, die an die heutige bauliche Form des Naschmarktes denken läßt: „Vielleicht wird man über kurz oder lang nach dem Muster von Paris . . . auch bei uns auf die Markthallen kommen . . . Vielleicht entscheidet man sich für beide Arten, nämlich einen Teil des Markts in die Markthalle und einen offenen in die Wien-Zeile zu legen. Hier wären dann durch Querstraßen getrennte Abteilungen zu schaffen, in denen, nur durch zierliche Dächer gedeckt, luftige Verkaufsstände zu errichten wären, deren äußere Reihen gegen die vorbeiführenden Straßen aber durch hohe Wände abzuschließen wären, damit der Wind nicht Staub und Mist in die Abteilungen treiben könne. Das wäre nun ein offener Markt, der die Vorteile der freien Luft und des möglichsten Schutzes gegen den Staub hätte. Auch könnte er eine saubere äußere Gestalt erhalten, denn das ist gewiß, der Anblick, den jetzt der Naschmarkt mit seinem Hüttenwerk und Gerümpel, mit seinen alten defekten Schirmen und Plachen, sowie mit seiner Unsauberkeit bietet, ist kein großstädtischer, kein der Kaiserstadt würdiger Anblick, ganz abgesehen von den hygienischen Nachteilen und der Rattenplage."
1937 beginnt der „Kampf um den Naschmarkt". Das „Neue Wiener Tagblatt" beschäftigt sich mit der Frage eines neuen Standorts für den Großmarkt. Um 1950 fordert Wiens Stadtplaner Karl Heinrich Brunner eine Verlegung des Großgrünmarkts, wobei der Detailmarkt erhalten werden könnte. 1957 sollte die Westautobahn durch das Wiental an das Wiener Innenstadt-Straßennetz angeschlossen werden, was das Ende des Naschmarkts bedeutet hätte. Stadtplaner Roland Rainer legte Pläne für Marktanlagen in St. Marx vor. Die Ergebnisse einer Untersuchung des Instituts für Standortberatung bewiesen allerdings, daß die Absiedlung des Markts für die Wirtschaftsstruktur der Umgebung negative Folgen gehabt hätte: von 938 Betrieben sind 341 ganz oder teilweise vom Markt abhängig. Dennoch schlägt die Stadtplanungskommission Inzersdorf für den Großmarkt vor. 1969 übersiedelt der Großmarkt. Die Großmarktstände werden abgebrochen. An ihre Stelle tritt schließlich der Flohmarkt. 1974 ist der Detailmarkt fürs erste wieder einmal gerettet. Er bleibt zwar ein Provisorium. Aber das Marktamt wird renoviert, die Kapelle und die Standeln bleiben bestehen.

53 *Kleinhandel vor der prunkvollen Kulisse der Wohnhäuser Otto Wagners*

Otto Wagner hat 1898/99 in dem Häuserblock Linke Wienzeile 38 und 40 und Köstlergasse 1 und 3 drei Wohnhäuser errichtet, die zu den kunsthistorisch bedeutendsten Wohnbauten Wiens der Jahrhundertwende zählen. Vor allem zwei Gebäude fallen durch eine besonders originelle Fassadenlösung auf: die eine Fassade ist von goldenen Medaillons und Palmetten überzogen, die Kolo Moser entworfen hat, über der Dachtraufe wachen vergoldete Halbfiguren des Kundmann-Schülers und Secessionisten Othmar Schimkowitz, die „Ruferinnen"; das andere Haus ist mit farbigen Majolikaplatten überzogen, deren Pflanzenornamentik das Haus wie von Blumen überwuchert wirken läßt; Stiegenhaus und Lifttüren mit ihrer reichen bunten Ornamentierung gehören zu den originellsten Lösungen des Wiener Jugendstils.

54, 55 *Naschmarkt und Flohmarkt*

Sein Alt-Wiener „Urahn" hieß zwar nicht Flohmarkt, aber er hatte die gleiche Aufgabe: der Alt-Wiener Tandelmarkt. 1623 wurde der Platz vor dem Kärntnertor für die „wohlehrbare Zunft der bürgerlichen Tandler" freigegeben. Immer wieder wurde der Markt verlegt, 1730 erhielt er den Platz vor dem späteren Polytechnischen Institut, und schließlich wurde er in die Trödlerhalle in der Roßau verlegt. Als die Trödlerhalle 1944 zerstört wurde, geriet die Tradition des Tandelmarkts in Vergessenheit. Erst in den siebziger Jahren wurde er nach dem Vorbild des Pariser „Marché aux Puces" zuerst auf dem Platz Am Hof, dann auf dem frei gewordenen Areal des einstigen Obst- und Gemüsegroßmarkts auf dem Naschmarkt angesiedelt.

56 *Franz Lehárs „Lustige Witwe" im Theater an der Wien*

1782 wurde im Graf Starhembergschen Freihaus, einem Riesenbaukomplex mit 6 Höfen, 31 Stiegen und mehr als 1000 Bewohnern, ein kleines Theater, das „k. k. privilegierte Theater auf der Wieden", eröffnet. Ein Christian Rohrbach trieb da 1786 mit seinen Wanderschauspielern seine lauten Späße; nach zwei Jahren löste ihn der Wiener Theaterdichter Johann Friedl, ein „roher, ungebildeter Mensch", ab, der „in den kleinsten Bühneneffekten und winzigsten Theaterpraktiken bewandert war wie kein Zweiter und vor keinem Mittel zurückschreckte, wenn es galt, Erfolg zu erreichen". So ließ er zum Beispiel bei einem neuen Stück auf dem Theaterzettel ankündigen, „der Gouverneur werde im zweiten Acte bei lebendigem Leib von der Brücke geschleudert werden". Die junge Gesellschafterin Friedls, seine Alleinerbin, schrieb das alles ihrem Mann in Regensburg und fragte, ob er in diesem Theater arbeiten möchte. Und Emanuel Schikaneder kam aus Regensburg angereist und machte wie Friedl Zaubertheater. Für ihn schrieb Wolfgang Amadeus Mozart die „Zauberflöte", deren Text Schikaneder zusammengebastelt hatte. Am 30. September 1791 wurde das Werk im Freihaustheater uraufgeführt. Als Schikaneder aber in das von Franz Jäger dem Älteren entworfene, 1801 von An-

ton Jäger errichtete Theater an der Wien übersiedelte, ging das Freihaustheater allmählich zugrunde. 1809 wurde es geschlossen. 1913 begann man mit der schrittweisen Demolierung des Freihauses, die sich bis in die siebziger Jahre hinzog.
Das Theater an der Wien wurde 1801 mit Franz Teybers Oper „Alexander" eröffnet. Beethoven wohnte 1803/04 in einigen Zimmern des Theatergebäudes, als er für das Haus den „Fidelio" komponierte (Uraufführung: 20. November 1805). Beethovens Violinkonzert wurde im Theater an der Wien uraufgeführt, woran eine Gedenktafel neben dem Papagenotor erinnert. Hier wurden die ersten Opern Rossinis und Webers aufgeführt, 1817 Grillparzers „Ahnfrau" sowie viele Stücke Johann Nestroys, der von 1832 bis 1845 an der Wien unter Vertrag stand.
Die „Goldene Operettenzeit" leitete Theaterdirektor Franz Pokorny um 1845 ein. Direktoren wie Friedrich Strampfer, Maximilian Steiner – er entdeckte Ludwig Anzengruber und begeisterte Johann Strauß Sohn, den Walzerkönig, für die Operette – und Marie Geistinger machten das Theater zum ersten Operettenhaus. Seit 1874 gehörte Alexander Girardi dem Haus an. Im letzten Viertel des 19. Jahrhunderts hatte das Theater vor allem mit prominent besetzten Aufführungen der Operetten von Johann Strauß, Karl Millöcker, Carl Zeller und Richard Heuberger Sensationserfolge. Franz Lehár, Edmund Eysler, Leo Fall, Bruno Granichstaedten, Emmerich Kálmán, Paul Abraham und Oscar Straus waren die Zugpferde der „Silbernen Operettenära". Direktoren wie Wilhelm Karczag (1901 bis 1923) und Hubert Marischka (1923 bis 1935) sorgten für Publikumssensationen. Die letzte Blütezeit folgte 1936 bis 1938 mit einem Star: Zarah Leander. Sie wurde in Ralph Benatzkys „Axel an der Himmelstür" zum Liebling der Wiener.
1939 wurde das Theater an der Wien geschlossen. Erst 1945 wurde es als Ausweichquartier der Wiener Staatsoper eröffnet, die schwer bombardiert worden war. Als das traditionsreiche Haus 1955 niedergerissen werden sollte, wurde es von der Gemeinde Wien gekauft. Der alte Teil mit dem Papagenotor wie auch das 1902 von Ferdinand Fellner und Hermann Helmer an Stelle des Vorderhauses errichtete Zinshaus wurden renoviert – die Stuckfassade mit zwei der drei Türmen wurde erst 1983 rekonstruiert; 1962 wurde das Haus als „Wiener Festspielhaus" eröffnet. Als Musicalbühne hat es internationale Bedeutung erlangt.

57 *Karlskirche, Verkehrsbüro, Otto Wagners Majolika-Haus, Secession, Konzerthaus und Musikverein*
Die Karlskirche ist Wiens bedeutendster barocker Sakralbau. Kaiser Karl VI. ließ sie 1716 bis 1723 nach Plänen Johann Bernhard Fischers von Erlach auf Grund eines Pest-Gelübdes errichten und von Fischers Sohn Joseph Emanuel vollenden (1723 bis 1737). Besonders auffallend ist die breite Kulissenwirkung der Fassade mit dem griechischen Tempelportikus, der monumentalen Kuppel, die aus der Attika emporwächst, den zierlichen, fast orientalisch anmutenden Pavillons und den riesigen, von der römischen Trajanssäule inspirierten Triumphsäulen mit Szenen aus dem Leben des Heiligen Karl Borromäus, die als Spiralbänder die Säulen bedecken. Auf einer Anhöhe jenseits der Wien sollte die Fassade den imposanten Abschluß einer Via triumphalis in der Achse der Herrengasse und der Hofburg bilden. Die Monumentalplastiken in Stein wurden von Giovanni Stanetti, Lorenzo Mattielli und Franz Caspar geschaffen, die Reliefs an den Triumphsäulen von Johann Christoph Mader, Johann Baptist Straub und Jakob Schletterer. Johann Michael Rottmayr malte das Kuppelfresko: die Fürbitte des Karl Borromäus bei Maria, die von der Hl. Dreifaltigkeit die Erlösung von der Pest erfleht. Den Hochaltar gestaltete Johann Bernhard Fischer von Erlach, die Taufkapelle wurde von Daniel Gran mit einem Altarbild ausgestattet.
Das Österreichische Verkehrsbüro, Friedrichstraße 7, wurde 1923 von Heinrich Schmid und Hermann Aichinger erbaut.
Otto Wagners Majolika-Haus (siehe 53)
Die Wiener Secession: Als sie am 15. November 1898 eröffnet wurde, löste der Bau ebenso einen Schock aus wie die Kunstwerke, die dort gezeigt wurden. Joseph Maria Olbrich, ein Schüler Otto Wagners, hatte das Gebäude 1897/98 vor allem aus Eigenmitteln der Mitglieder und Spenden von Kunstfreunden errichtet, nachdem es in der außerordentlichen Generalversammlung des Wiener Künstlerhauses am 22. Mai 1897 zum Krach gekommen war: die Jungen um Gustav Klimt, Kolo Moser und Josef Hoffmann hatten im Künstlerhaus ihre Mitgliedschaft aufgekündigt und die „Vereinigung bildender Künstler Secession" gegründet. Eine erste Ausstellung der Gruppe fand am 25. März 1898 im Gartenbaugebäude statt.
Das Gebäude zählt zu den eigenwilligsten, originellsten Jugendstilwerken. Über der viereckigen Tornische erhebt sich eine Kuppel in Form einer kugelförmigen Lorbeerlaube aus vergoldetem Eisen, die im Volksmund „Krauthapl" genannt wurde. Über der Tornische wurde die Devise der Secessionisten als Inschrift angebracht: „Der Zeit ihre Kunst, der Kunst ihre Freiheit."
Verschiedene Ausstattungselemente, wie Adolf Böhms vergoldete Stuckreliefs in der Vorhalle und Kolo Mosers Fries „Kranzträgerinnen" an der Hinterseite des Gebäudes, wurden später entfernt.
1945 wurde die Secession geplündert und devastiert, dann nach Plänen Josef Hoffmanns wieder aufgebaut. Die Neueröffnung der Secession in ihrer heutigen Gestalt fand am 5. Juni 1964 mit der Ausstellung „Wien um 1900" statt. Ein Umbau der Secession mit teilweiser Rekonstruktion der originalen Raumverhältnisse ist seit Jahren geplant, ebenso steht eine Umwandlung des Olbrich-Gebäudes in ein Museum zur Diskussion. Für diesen Fall sollte neben der Secession ein eigener Ausstellungstrakt für die „Vereinigung bildender Künstler Secession" gemeinsam mit einem Akademieerweiterungsbau entstehen.
An der Ostseite der Secession steht Artur Strassers 1899/1900 geschaffene Bronzegruppe „Marc Anton mit Löwengespann", die hier 1901 einen provisorischen Aufstellungsplatz erhielt.
Das Konzerthaus, Lothringerstraße 20, wurde 1912/13 von der Wiener Konzerthausgesellschaft nach Plänen von Ferdinand Fellner und Hermann Helmer errichtet und am 19. Oktober 1913 eröffnet. 1927 wurde im Parterrefoyer anläßlich der Beethoven-Zentenarfeier das Originalmodell des Wiener Beethoven-Denkmals Kaspar von Zumbuschs aufgestellt (das Bronzedenkmal steht nur wenige Meter weiter auf dem Beethovenplatz). Das Konzerthaus, das ursprünglich über Dienstleistungsfirmen, wie ein Blumengeschäft und ein Restaurant, verfügte, beherbergt heute das VT-Studio, eine Kammerbühne des Volkstheaters, das Symphonia-Aufnahme-Studio, den 1863 gegründeten „Wiener Schubertbund", das „Internationale Musik-Zentrum Wien (IMZ)", Konzertagenturen u. a. Institutionen. Im Nachbargebäude, das gleichzeitig mit dem Konzerthaus errichtet wurde, sind ein Teil der berühmten Wiener Hochschule für Musik und darstellende Kunst sowie das Akademietheater, die Filialbühne des Burgtheaters, untergebracht.
Das Neue Musikvereinsgebäude, Dumbastraße 3 – Karlsplatz 6 – Canovagasse 4 – Bösendorferstraße 12, ist das Stammhaus der Gesellschaft der Musikfreunde. Sie hatte 1817 eine Singschule und 1821 Schulen für Instrumentalmusik eröffnet, die 1822 unter dem Namen „Konservatorium" vereinigt wurden. Seit 1825 war diese Musiklehranstalt im Haus „Zum roten Igel",

Unter den Tuchlauben, untergebracht, das 1830/31 von Franz Xaver Lössl umgebaut wurde. Der Konzertsaal erlangte bald Berühmtheit, gastierten hier doch alle großen Virtuosen. 1870 wurde das Haus in die Vaudevillebühne „Tuchlaubentheater" umgestaltet, 1871 übernahm Friedrich Strampfer das Haus und machte mit Alexander Girardi als Lorenz in „Zwei volle Gläschen" volle Kassen.
Die Gesellschaft der Musikfreunde beauftragte aber den bereits berühmten Architekten der Ringstraße, Theophil Freiherrn von Hansen, auf dem vom Kaiser geschenkten Baugrund am Karlsplatz ein monumentales Gebäude mit Konzertsälen, Konservatorium und Vereinshaus zu errichten. 1867 bis 1869 baute Hansen das Gebäude in einem hellenistischen Renaissancestil, wobei vor allem der „Goldene Saal" mit 32 vergoldeten Karyatiden und seiner kostbaren Kassettendecke mit den Deckengemälden „Apollon und die Musen" von August Eisenmenger Hansens Ruf als genialer Innenarchitekt bestätigten. Seit der Eröffnung am 6. Jänner 1870 ist der Musikverein als eines der wichtigsten Zentren des Wiener Musiklebens weltberühmt. Hier haben die Wiener Philharmoniker ihre Heimstatt, hier waren und sind die berühmtesten Dirigenten, Sänger und Instrumentalisten zu Gast, hier finden berühmte Faschingsbälle – wie der Ball der Philharmoniker – statt, und hier wurden einst die sensationellsten Kostümfeste gefeiert. Das Archiv der Gesellschaft der Musikfreunde gilt als größte Privatsammlung von Musikautographen und eine der kostbarsten Musikbibliotheken.
Das Musikvereinsgebäude wurde 1911, nach Hansens Tod, und 1938 durch Pfann und Weisse umgebaut.

58 *Architekturdetails an der Wien: Stationsgebäude Hütteldorf-Hacking; Richard-Wagner-Villa; Arbeiter-Samariterbund; Pylon der Otto-Wagner-Brücke; Werkstättenhaus; Wohnhaus; Otto-Wagner-Haus; spontaner „Sgraffito 1983"; Wohnhaus; Marktamt auf dem Naschmarkt; Hanak-Statuen, Linke Wienzeile 48–52; Naschmarktkapelle*

Das Stationsgebäude Hütteldorf-Hacking wurde im Zuge der Stadtbahnplanung Otto Wagners (siehe Abbildungen 23 bis 25) als Umsteigstelle für die Westbahnlinie und die Wientallinie der Stadtbahn errichtet und wandelt Wagners Prinzip der Wientalstationsgebäude ins Monumentale ab. Hütteldorf und Hacking, ursprünglich zwei seit dem Mittelalter in Urkunden erwähnte Vororte Wiens, wurden 1892 dem 13. Bezirk eingemeindet.

Die Richard-Wagner-Villa, ein einstöckiges, elegantes Gebäude des frühen Historismus mit Turm und Loggia, wurde vom Komponisten während seines fünften, von mehreren Auslandsreisen unterbrochenen Wien-Aufenthalts zwischen 1862 und 1864 bewohnt (entgegen der Angabe auf der Gedenktafel, die am 22. Mai 1902 enthüllt wurde). Wagner schrieb hier am Text seiner Oper „Die Meistersinger von Nürnberg", für den er sich literarische Quellen und Unterlagen in der Wiener Hofbibliothek beschafft hatte. In der Wagner-Villa war u. a. Johannes Brahms zu Besuch, der seit 1862 in Wien als Dirigent der Singakademie wirkte.
Anton Hanak schuf seine monumentalen Fassadenplastiken für das Haus Linke Wienzeile 48–52 (Joanelligasse 2), das 1913 von Hubert Geßner im neoklassizistischen Stil errichtet wurde. Das kunsthistorisch viel zuwenig beachtete Bauwerk der Versicherungsanstalt der Österreichischen Eisenbahnen fällt besonders durch seine originellen Erker- und abgerundeten Pfeilerlösungen, durch die prunkvollen Säulenordnungen in den beiden Obergeschossen und vor allem durch die freistehenden Skulpturen Anton Hanaks auf.
Hanak, geboren 1875 in Brünn, gestorben 1934 in Wien, war Schüler Edmund Hellmers an der Wiener Akademie, stellte 1902 im Hagenbund aus und war nach einem Studienjahr in Italien ab 1905 in Wien tätig. Er zählt zu den bedeutendsten Plastikern Österreichs.

Hanaks Schaffen ist in seiner ersten Phase vor allem von Arbeiten in architektonischem Zusammenhang, also von Bauplastiken, bestimmt, in der zweiten hingegen fast ausschließlich von Denkmälern. So entstanden 1910 die Skulpturen für das Gebäude des „Vorwärts"-Verlags, Rechte Wienzeile 97, 1911/12 die neun Doppelfigur-Relieftafeln für den „Mariahilfer Zentralpalast" (heute Kaufhaus Stafa, Mariahilfer Straße 120), 1913 die Figurengruppen für Hubert Geßners Versicherungsanstalt, schließlich 1913/1915 die Skulpturen für Josef Hoffmanns Villa Primavesi, Gloriettegasse 16. Nach dem Ersten Weltkrieg entstanden die großen kommunalen Auftragsarbeiten für Gemeindebauten, wie das Kriegerdenkmal der Gemeinde Wien für die Gefallenen des Ersten Weltkriegs (1925), das Denkmal für die Gefallenen des 15. Juli 1927 (1928), die Viktor-Adler-Büste für das Denkmal der Republik u. a.

Marienmedaillon an der Fassade der Naschmarktkapelle: Die Kapelle wurde 1817 als Johannes-von-Nepomuk-Kapelle, d. h. als Vorbau zur Rosalienkapelle im Freihaus auf der Wieden, gestiftet. 1916 wurde sie an ihren heutigen Standort auf dem Naschmarkt versetzt.

59 *Eine Kuppel, wie sie die Wiener nie gesehen hatten: das „Krauthapl" der Secession von innen*

Aus 3000 vergoldeten Lorbeerblättern aus Eisen und 700 vergoldeten Beeren wurde eine begehbare Kugelkuppel geformt.

60 *Die Welt des „Dritten Mannes": Abgang in die Kanaltunnel (siehe auch Nummer 18)*

61 *Kanalgänge an der Wienflußbiegung beim Karlsplatz, wo der Graham Greene-Carol Reed-Film „Der dritte Mann" mit Orson Welles gedreht wurde*

62 *Alt-Wiener Nostalgie und Weltstars an der Fotowand: Klavierzimmer der Firma Bösendorfer im Musikvereinsgebäude*

Ludwig Bösendorfer übernahm den Betrieb seines Vaters, des Klaviermachers Ignaz Bösendorfer. 1859 erhielt er ein Privileg auf eine Abänderung der „Wiener Klaviermechanik", 1870 ging er im Klavierbau auf die Verwendung von Gußrahmen statt geschmiedeter Rahmen über und stellte ab 1878 Klaviere mit englischer Mechanik her. Auf den Weltausstellungen in London (1862), in Wien (1873) und in Paris (1900) wurden seine Klaviere ausgezeichnet. Im Palais Liechtenstein in der Herrengasse (heute Hochhaus) ließ er 1872 einen Konzertsaal errichten, den Hans von Bülow einweihte und der bald Berühmtheit erlangte. 1913 wurde der Bösendorfer-Saal demoliert: insgesamt hatten hier 4500 Konzerte, darunter von vielen der berühmtesten Klaviervirtuosen der Zeit, stattgefunden.
Der Gesellschaft der Musikfreunde schenkte Bösendorfer 1869 zur Weihe des neuen Hauses 14 Klaviere und spendete alljährlich den besten Absolventen der Klavierklasse des Konservatoriums ein Instrument. Ab 1878 war Ludwig Bösendorfer im Direktorium der Gesellschaft der Musikfreunde. 1909 übergab er seine Firma dem Wiener Bankier Carl Hutterstrasser, der sie weiterführte. Die Firma Bösendorfer, heute in amerikanischem Besitz, hat im Musikvereinsgebäude ihre Ausstellungs- und Verkaufsräume.

63 *Karyatidengalerie im Goldenen Saal des Musikvereins; Fassade des Musikvereins zwischen Otto Wagners Stadtbahnstationen und dem Künstlerhaus*

64 *Henry Moores „Hill Arches"-Monument auf dem Karlsplatz*

65 *Blick vom Dach der Karlskirche auf Handelsakademie, Künstlerhaus, Palais Lützow und Musikvereinsgebäude*

Als ,,ewiges Provisorium" empfand schon Otto Wagner den Karlsplatz, der zwar durch die monumentale Kulissenarchitektur der Karlskirche dominiert wird, aber im übrigen aus vielen Einzelflächen und Baugruppen besteht, die zu einem Ganzen zusammenzufassen keinem Architekten gelungen ist. So versuchte Otto Wagner, das durch Straßenzüge zerschnittene Platzareal durch eine starke Betonung der Mittelachse der Karlskirche zu gruppieren und den Flächen rechts der Kärntner Straße eigenständigen Platzcharakter zu geben. Die Karlskirche sollte zuerst durch einen Kolonnadentrakt auf ihrer Anhöhe betont werden; später sollte sie von Wagner einen ,,linken Flügel", das Kaiser-Franz-Joseph-Stadtmuseum, als Gegengewicht zum Polytechnikum bekommen. Der Platz vor der Kirche sollte durch ein Denkmal und einen Halbkreis von Parkanlagen gegen den Resselpark und die dominierende Front der Trias Musikverein-Künstlerhaus-Handelsakademie abgehoben werden.
Heute präsentiert sich das Karlsplatzareal als Schnittfläche großer Straßenzüge, an deren Rand wie Kulissenversatzstücke die Monumentalbauten stehen: Historisches Museum der Stadt Wien, Musikverein, Künstlerhaus, Handelsakademie, ein Ensemble schöner Wohnhäuser des Historismus, Secession, Verkehrsbüro, Porrhaus, Evangelische Schule und Technische Universität umfangen eine vom Verkehr bestimmte Platzlandschaft, die durch Parkanlagen und ein wenig wahllos verstreut dastehende Denkmäler aufgelockert wird.
Das Künstlerhaus wurde 1865 bis 1868 auf Anregung Friedrich Staches von August Weber als Ausstellungs- und Vereinsgebäude der seit 1861 bestehenden ,,Genossenschaft der bildenden Künstler Wiens" erbaut und mehrfach um große Saaltrakte erweitert, in denen heute das Künstlerhauskino und das Theater der ,,Komödianten im Künstlerhaus" ihr Domizil haben. Im Künstlerhaus fanden fast alle wichtigen Ausstellungen der Ringstraßenzeit statt, hier präsentierte Hans Makart seine sensationellen Riesengemälde, hier kam es 1897 zum Streit mit der jungen Generation, den Secessionisten.
Die Handelsakademie, Akademiestraße 12, Karlsplatz 4, Bösendorferstraße 8, wurde 1857 von einem Verein Industrieller als Handelsschule gegründet. Für die später zur Akademie erweiterte Schule errichtete Ferdinand Fellner der Ältere 1860 bis 1862 das neue Gebäude, in dem wir erstmals in der Bautätigkeit der Ringstraßenzeit die Idee eines Schulbaus als Baudenkmal verwirklicht finden. Die Monumentalstatuen Adam Smith' und Kolumbus', die den Haupteingang flankieren, wurden von Josef Cesar ausgeführt.
Das Porrhaus, Operngasse 11, wurde nach Plänen von Fritz Judtmann und Egon Riss für die Porr AG errichtet.
Die Evangelische Schule, Karlsplatz 14, wurde 1860 bis 1862 nach Entwürfen Theophil von Hansens als italienischer Renaissancebau errichtet. Hans Gasser schuf die Evangelistenstatuen an der Hauptfront.
Die Technische Universität, Karlsplatz 13, wurde als Polytechnikum 1816 bis 1818 an der Stelle des Palais Losy von Losymthal unter der Bauleitung Joseph Schemerls von Leytenbach errichtet und in den folgenden Jahrzehnten immer wieder erweitert, zuletzt 1905 durch Karl König, der den säulengeschmückten Trakt am Karlsplatz errichtete. Die bedeutenden Statuengruppen über dem Portikus mit ionischer Säulenordnung schuf Joseph Klieber: Österreichs Genius wird unterstützt von Minerva und umgeben von den Repräsentanten der Künste und Gewerbe. Das ,,k. k. Polytechnische Institut" wurde 1866 neu organisiert, 1872 zur Hochschule und schließlich im Rahmen des Universitätsorganisationsgesetzes zur Technischen Universität erhoben.
Das Historische Museum der Stadt Wien, Karlsplatz, wurde 1954 bis 1959 von Oswald Haerdtl erbaut. Es beherbergt heute die umfangreichen stadtgeschichtlichen und Kunstsammlungen der Stadt Wien, die bis 1959 in den viel zu eng gewordenen Räumen des Neuen Rathauses aufgestellt waren.

66 *Promenadenterrasse des Wienflußportals im Stadtpark*

Im Rahmen der Wienflußregulierung wurde 1906 neben der Stadtbahnstation Stadtpark eine monumentale architektonische Anlage über dem Wienfluß errichtet, das Wienflußportal. Architekt Friedrich Ohmann und Karl Hackhofer planten das Jugendstilensemble mit Freitreppen, Säulenhemizyklus, Terrassen, Pavillons, Seerosenbecken und reichem Figurenschmuck, den Franz Klug ausführte. Ein noch größeres Projekt mit Sauriern und Elefanten, die Wasserfontänen in die Wien schleudern sollten, wurde nicht realisiert.

67 *Freistilringen auf dem Heumarkt*

Seit dem 14. Jahrhundert wurde das Gelände ,,Im Gereuth" genannt, im 17. Jahrhundert dehnte sich der Heumarkt vom Stubentor bis zum Kärntnertor aus. Die großen Mengen Heu, die allwöchentlich aus Ungarn zugeführt wurden und hier zum Verkauf gelangten, haben der Gegend den Namen gegeben. Zwischen 1830 und 1860 war allerdings auch die Bezeichnung ,,Am Glacis" gebräuchlich.

68 *Die Jahreszeiten im Stadtpark: ,,Der Frühling" an der Wienflußpromenade*

69 *Feldmarschall Graf Radetzkys Standbild vor dem ehemaligen Kriegsministerium und Masken der Soldaten seiner Armee an der Fassade des Gebäudes*

Das Kriegsministerium, heute Regierungsgebäude, entstand 1909 bis 1913 nach Plänen Ludwig Baumanns als ,,Reichskriegsministerium" und letzter Monumentalbau der Monarchie. Vor dem riesigen Verwaltungspalast stellte man das 1892 entstandene Radetzky-Denkmal Kaspar von Zumbuschs auf, das bis 1912 vor dem alten Kriegsministerium auf dem Platz Am Hof gestanden war.

70 *Pavillon des Wienflußportals von Friedrich Ohmann vor dem Block des Hotels Intercontinental*

Das Hotel Intercontinental, Johannesgasse 28, wurde gegenüber der Anlage des Wienflußportals und der Stadtbahnstation Stadtpark 1961 bis 1964 von Carl Appel und Walter Jaksch errichtet.

71 *Wienflußmündung und Donaukanal bei der Urania*

Die letzte Brücke über die Wien vor der Mündung in den Donaukanal ist die Radetzkybrücke zwischen Urania und Radetzkystraße. Die Holzbrücke, die hier bei Hochwasser immer wieder schwer beschädigt wurde, wurde von Mack 1854/55 durch eine Steinbrücke ersetzt. 1900 wurde die Eisenbrücke errichtet, die sich in das Ensemble der Jugendstilbrücken fügen sollte.
Die Urania, Uraniastraße 1, wurde von dem Wiener Dr. Wilhelm Mayer als ,,wissenschaftliches Theater" angeregt. In Wien drang er mit seiner Idee nicht durch, wohl aber in Berlin, wo 1888 seine Urania entstand. In Wien griff Ludwig Karell die Idee 1895 auf. Ludwig Baumann errichtete das erste Urania-Gebäude 1898 für die Jubiläumsausstellung im Prater. 1909 baute Max Fabiani die ,,Wiener Urania" an der Mündung der Wien in den Donaukanal. Sie dient heute wie einst der Volksbildung, beherbergt eine Sternwarte und Kinosäle. Nach schweren Kriegsbeschädigungen wurde die Urania 1957 modernisiert.